4

凿子镇
运输站
秃鹰雕像
运输站
秃鹰之家
议事厅
刚玉路
艾斯培里奥大厅
铁泉
硫黄泉

美岩城
蛇纹泉
坩埚路
酒馆
绿松泉
大长老家
岩盐路
黑泉
幼石路
石英广场
铁甲长老家

图书在版编目（CIP）数据

幻想王国.4，魔法之门 /（意）阿瑟·特尔曼著；龚星月译. —广州：新世纪出版社，2017.1
ISBN 978-7-5583-0020-2

Ⅰ. ①幻…　Ⅱ. ①阿…　②龚…　Ⅲ. ①儿童文学—科学幻想小说—意大利—现代　Ⅳ. ①I546.84

中国版本图书馆CIP数据核字（2016）第119538号

出 版 人：孙泽军
责任编辑：李粒子　李世文　钟蕴华
特约编辑：王凯波
责任技编：许泽璇
封面设计：高豪勇

HUANXIANG WANGGUO 4 MOFA ZHI MEN
幻想王国4　魔法之门
［意］阿瑟·特尔曼　著　　龚星月　译

出版发行：新世纪出版社
（广州市大沙头四马路10号）
经　销：全国新华书店
印　刷：佛山市浩文彩色印刷有限公司
规　格：890毫米×1240毫米　1 / 32
印　张：5.75
插　页：32
字　数：100千
版　次：2017年1月第1版
印　次：2017年1月第1次印刷
定　价：20.00元

质量监督电话：020-83797655　购书咨询电话：020-83781537

THE KINGDOM OF FANTASY

幻想王国

魔法之门

[意] 阿瑟·特尔曼 著　龚星月 译

4

SPM
南方出版传媒
新世纪出版社
·广州·

主要人物介绍

Ombroso翁布罗若

原名阿乌达琪，意为“忧郁的影子”，是年轻勇敢的森林精灵，受仙女女王之托，决心打败黑女王的邪恶势力，让和平重新回到幻想王国。

Ulmus乌尔姆斯

森林王国年长的女先知，帮助翁布罗若完成他的使命。

Robinia罗比尼娅

骄傲固执的森林精灵，森林王国的王位继承人，在森林王国解放之后决定与翁布罗若一起解放其他消失的王国。

Zolfanello小火柴

森林王国可爱的小羽龙，罗比尼娅亲密的伙伴。

Regulus莱古路斯

可爱的星星精灵，丝碧卡的哥哥，翁布罗若最好的朋友，决心陪伴翁布罗若，并与他并肩作战。

Spica丝碧卡

莱古路斯的妹妹，大胆的星星精灵，为了帮助翁布罗若完成使命离开了自己的王国。她的武器是一把魔法弓。

Brugus布鲁古斯

勇猛的森林精灵，为了解放自己的人民，与翁布罗若并肩作战。

Il Cacciatore龙猎人

没有人知道来历的神秘精灵，与翁布罗若在森林王国相遇。

Stellarius斯特拉利乌斯

幻想王国强大的巫师，一直在与黑暗力量和黑女王战斗。

Ginepro吉内普罗

森林王国的宫廷大学士，在森林王国被侵略的时候死去，留下了神秘的预言。

Adamas阿达玛斯

铸剑长老，矮人王国美岩城五大长老中最年轻的一位。

Cuprum古普鲁

美岩城医师，草药和药剂方面的专家。

Galena伽蕾娜

美岩城头盔长老，勇敢好斗，从翁布罗若一行人来到之初就接受了他们。

Ortoclasio奥尔多克拉西奥

美岩城凿刻长老，性格踏实，处事果断。

Orneblenda奥尔蕾布兰达

奥尔多克拉西奥的妻子，经营一家住着敌人邪妖的小酒馆。

Sulphur苏尔福

年长的美岩城熔炼长老，一开始不信任翁布罗若后逐渐冰释前嫌。

Rutilus鲁提路斯

年长温厚的美岩城铁甲长老，将精灵们收留在自己家中。

Favilla法维拉

身中女巫魔法的灰鹅，将帮助翁布罗若等人完成使命。

Implacabile冷血

与黑女王结盟的绿色妖怪——邪妖的头领，控制着美岩城和矮人王国。

记住，广阔的幻想王国的土地上，
那些消失的王国没有一个真正被遗忘了。
回忆里有它们的踪迹，挽歌在为它们而唱。
然而黑暗仍从女巫王国向外蔓延，
就像一滴不断变大的黑色墨迹。
但正如森林王国从黑暗痛苦的长眠中苏醒一样，
其他的王国也准备迎来自由。
仙女女王弗洛莉迪娅娜，
在把使命交到勇敢的精灵阿乌达琪手上时，
就已经预见了这样的结果。
为了更伟大的事情，阿乌达琪甘冒生命的危险。
对于他的朋友来说，
他的勇气就像启明星一样，点亮了天空。
身处宫殿中的黑女王斯特里娅并没有在意，
她忘了，
就算再漫长的黑夜，
也注定会结束。

（法布鲁斯巫师《幻想王国》，写在本书之前。）

前情介绍

这是一个很久以前的故事。那时幻想王国被黑暗和可怕的危险所笼罩，一个接一个的王国纷纷臣服在女巫的统治之下。

这个被称为翁布罗若的年轻精灵和他的朋友丝碧卡、莱古路斯以及罗比尼娅所经历的故事就发生在这个时期。

在翁布罗若还很小的时候，他从落入黑女王手中的森林王国逃到了星星王国。在他的新家，他得到了保护和关爱、友谊和理解。在此后的几年中，他从没有想过有一天他不得不放弃星星王国的平静生活回到他原来的世界与黑暗力量战斗。他渐渐长大了，原以为随着他来时穿过的那扇在星星王国和森林王国之间的魔法门的关闭，他的故土也已经永远消失了，尽管他有时也会产生能够回到那里，去看看他的族人的念头。

然而有一天，不知是偶然还是命中注定，他发现了打开魔法门的方法。不仅如此，他还发现自己肩负着仙女女王弗洛莉迪娅娜交给他的一个无法拒绝的使命。他必须从黑暗力量的统治下解放森林王国，并且打败黑女王斯特里娅，这些就好像是深入他骨髓的使命一样，无法拒绝。

于是他和忠诚的朋友莱古路斯一起穿过了魔法门，来到了森林王国。为了解放变成奴隶的森林精灵，他们与女巫的盟友狼人和空心骑士战斗。在旅程中，他们认识了森林王国王位的继承人——年轻傲慢的罗比尼娅和她的小伙伴——羽龙“小火柴”。

在那里他还遇到了和巫师斯特拉利乌斯一同前来的丝碧卡。

他发现，森林王国是他母亲的王国，而他的父亲却来自别的王国。其实他真正的名字叫作阿乌达琪，这是他来自遥远神秘王国的父亲郭尔德纳琪给他取的名字。

他们的旅途经过了浓密的树林和原始森林，在途中，他获得了一把强大的武器——一把能够打败空心骑士的剑。

不过，真正解放森林王国的并不是依靠任何一把武器，而是依赖于翁布罗若的勇气、心灵的力量和发掘事物本质的能力。战争是残酷的，许多人死去了，但更多的人活了下来，他们将让森林王国重获新生，重建那个被女巫毁灭的王国。

但是，翁布罗若的旅程并没有结束。黑暗从遥远的女巫王国不断蔓延到其他的地方。在打败邪恶势力，拯救所有王国，解放所有人之前，翁布罗若和他的朋友们的使命不会停止。

那么，接下来的故事就发生在我们年轻的英雄们解放了第一个王国之后。

你们听……

目录

监狱和囚犯 / 1

第一章　秘密计划 / 3

第二章　仙女的颤音 / 11

第三章　巨人 / 15

第四章　迷雾之路 / 23

第五章　冷血的午餐 / 37

第六章　龙猎人 / 42

第七章　神奇的影像 / 49

第八章　声音和锁 / 60

第九章　逃亡 / 75

向被遗忘的魔法门前进 / 85

第十章　凿子镇 / 87

第十一章　火焰和木头 / 92

第十二章　鹅、巫师和猎人 / 109

第十三章　再次分别 / 121

第十四章　黑暗之路 / 127

第十五章　岩魔 / 133

第十六章　灰原之战 / 145

第十七章　通往食人怪王国 / 156

第十八章　另一条路 / 163

监狱和囚犯

第一章　秘密计划

苏尔福在一张纸上画了些标记，接着把图纸铺在桌上，用指头指着。“我们在这里，”他说，“鲁提路斯家门口，穿过幼石路，就是石英广场。”

“那是在大长老房子的背后吗？”翁布罗若问。

“你们不要进入广场，而要走左边的路，有台阶的那条。”苏尔福没有理他继续说，“上了台阶就是岩盐路。这条路几乎绕了大长老的房子一圈。你们要小心，因为这条路有人看守。我计算过，每隔一个沙漏的时间就有一群邪妖经过这里。这其中的间隔就是你们进入秘密通道的时间。一旦五个喷泉的装置启动，邪妖一经过岩盐路我们就会打开艾斯培里奥大厅的水流。你们有足够的时间打开板门，通过密道到达花园，没有人会发现。”

“那完事之后我们怎么出去？”罗比尼娅问，试图让小火柴远离矮人正在涂涂写写的那张纸。自从他们来到这里做客，不知道为什么小羽龙一直很紧张，老是跳来跳去。

“如果一切顺利，怎么出去就不重要了，因为到时候我们已经占领了美岩城的大小道路了。”

矮人挠了挠一边的眉毛，低下眼睛看着地图。

“那到了里面呢？”翁布罗若问。

矮人点点头，从之前的那张纸下面拿出另外一张。大长老家中的地图上，寥寥几笔勾画出了一棵树。

“会有点难。你们从板门出来进入花园，这个板门我用‘x’做标记。现在，在花园里面你们能看到唯一一棵没有被舞毒蛾吃掉的白杉。”

“为什么没被吃掉？”丝碧卡好奇地问。

“因为它不是一棵普通的白杉，”苏尔福说，“是仙女奈维娜送给五位长老的，它是一棵特别的树，与矮人们的身高一致，颜色像雪一样白……此外，在花园里有一个拱廊，你们从那里可以进入室内。里面有两扇门，一扇通往柴房，一扇通往厨房。如果你们没有被第一个空心骑士发现，据我所知他一般在厨房内外巡逻，就从厨房进去，沿着走廊继续往主厅走。在那里你们会看到通往二楼的楼梯，由第二个空心骑士把守，或许还有一些邪妖。”

“石座大厅在二楼？”丝碧卡问。

“对。曾经这个石座是美岩城的象征。”

听到苏尔福如此自豪地说起石王座的象征意义，翁布罗若有些后悔之前对他的反感。

苏尔福继续说：“在它的基座上刻着建造美岩城的场景，椅背上刻着精美的几何图案……”

他低下发亮的眼睛，看着房子的地图，想起了所有人坐在这个桌子面前的原因。“好吧，这不重要。别管我这个怀旧的傻矮人了……刚刚说到哪里了？哦，对！如果你们成功上了楼梯，会在右手边看到三扇门。不要管它们，那是几间旧卧室。在你们前面会

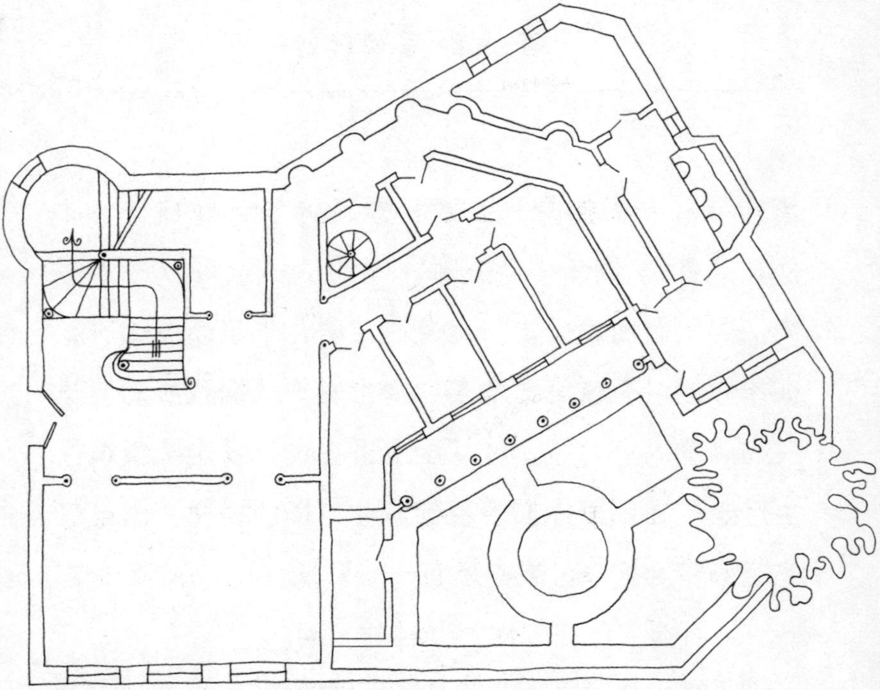

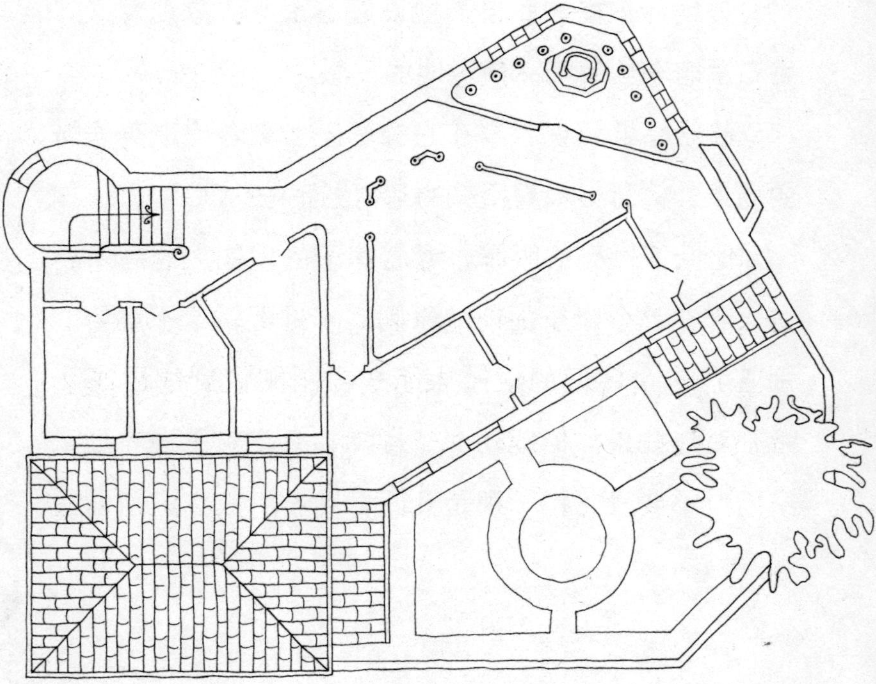

看到一个长走廊。墙壁上挂着画和挂毯，走廊上铺有地毯……应该很容易隐藏你们的脚步声。到了走廊分岔的地方，左转，继续往前，一直朝左走会看到一扇雄伟的大门：那就是石座厅的入口。”

“你真的确定石头就在那里？”翁布罗若问。

“美岩城里没有比那里更安全的地方了。冷血非常重视这块石头。如果弄丢了，他漂亮的脑袋就不保了……”

大家沉默了，紧张地看着房子的地图和他们要走的路线。

“我们怎样才能经过而又不被空心骑士发现？”莱古路斯问。

“我不知道，”苏尔福说，“摄魂蛇隐形斗篷可以帮你们伪装，但只是在不动的时候或者是在远处。我说过，在空心骑士面前隐形斗篷不完全管用……”

“我们能够应付。”翁布罗若说，“不过你们呢？你们有足够的隐形斗篷和武器来夺回美岩城吗？”

“我们也能应付。”苏尔福说，眼睛闪过一道光。“我不知道我们是否有足够弹药分配给所有人……但我们必须尝试，因为，如果巫师说得没错，这是个好时机，也是唯一的时机。”他看着翁布罗若继续说，“一旦你们从大长老的房子里出来就马上去美岩城城门：岩盐路直通佛尔贾萨路，”他用手在地图上指着，“城门就在佛尔贾萨路尽头。如果我们成功给所有邪妖一个惊喜的话，到时候城门应该是开着的。阿达玛斯说他会在那里等你们，如果他不在，你们也不要等，直接往冰峰走。如果我们幸运的话，我们会在那里碰头。”

“冰峰。”翁布罗若重复了一遍，他想到了斯特拉利乌斯。

苏尔福点点头，就在这时候门铃响了。

开门一看，只见小贝里罗上气不接下气地跑进了厨房，好像得了什么礼物一样欢欣雀跃。

“蛇纹泉！”他大喊，眼睛都在发光，“蛇纹泉有水了！”

时间一点点过去，矮人们在鲁提路斯的家中来来去去。在洞里他们武装好了战斗的雪貂，在家里他们擦亮了多年前藏起来的旧铠甲，他们唱着关于美岩城的歌谣，把年纪尚小的矮人放在摇篮，承诺给他们一个自由的未来。他们在等待铁泉也重新喷出水来。只有在那个时候，五长老才可以聚集在艾斯培里奥大厅，开启能够打开锁和通往大长老家板门的装置。

与此同时，无声革命开始了：弹弓开始投掷，矮人们开始夺回城市，他们打败了守卫的邪妖，占领了一个个据点，并且神不知鬼不觉地把自己伪装成邪妖。为了互相能够辨认，他们准备了暗号：

“来者何人？

自由的灵魂寻找自由。

矮人王国万岁！”

计划似乎已经奏效。

就在整个城市都在酝酿巨变的时候，四个年轻的精灵在鲁提路斯的家里等待。

翁布罗若拿出罗盘，认真地看着，希望看到它恢复正常。不，指针还是转个不停……

他正准备把罗盘放回去，突然指针停住了。翁布罗若抬起头，指针指向厨房门口。

他往那里看过去，苏尔福出现在了门口。

他手里拿着一只金属碗，来到火边，给自己盛了一碗汤。整个过程中罗盘的指针都没有动。

翁布罗若看了周围一眼。莱古路斯和罗比尼娅已经回到他们的房间休息了；丝碧卡想和他待在一起，但最后在椅子上睡着了；小火柴安静地蜷缩在他的腿边，呼呼大睡。所以现在没有别人。

只有他和苏尔福。

第二章　仙女的颤音

虽然声音很小，但丝碧卡还是醒了。她不知道自己睡了多久，睡的姿势很不好，所以她脖子很痛，但因为某些原因她没有动，而是竖起了耳朵听着。

“不，”苏尔福说，“不关权杖魔力的事情。巫师让我调查别的事情。”

“斯特拉利乌斯提到权杖有一个缺陷。”翁布罗若说。

“是的。关于这个，齐那普罗的笔记写得很清楚：组成它的合金比本应该的更脆弱。”

翁布罗若看起来不太肯定。“脆弱……就像玻璃一样？”

“如果是这样的话权杖可能已经被毁掉了。不，没有那么‘脆弱’。有很多种不同的合金可以支持和

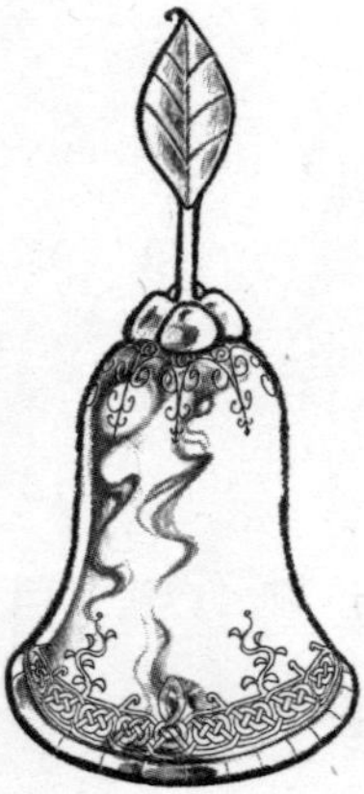

容纳魔法。如果权杖的材料和黑铠甲一样，你可以用你的剑摧毁它。但用这个合金做成的……好吧，我不觉得你的剑顶用。”

“那‘脆弱’指的是什么意思？”翁布罗若问。

“据我所知，它受制于一种声音。这个声音可以让合金变得脆弱以至于只要武器一击，权杖就会变成碎片。”

“一种声音？”翁布罗若难以置信地重复道。

丝碧卡也屏住了呼吸。

“是的，精灵。你知道有些声音可以多么强大，一个高音可以把水晶的碟子和杯子变成碎片，在错误的时间，一个声音能够导致雪崩……”

一截木炭爆了，把丝碧卡吓了一跳。翁布罗若和苏尔福转过身来。她揉了揉太阳穴，笑了。

“是的，一个具有魔法的声音……”她自然地接过话头，好像从头到尾都参与对话一样。“是什么样的魔法？”

另外两人没有介意，继续谈论起来。

“我认真研究过图纸……”

“你找到摧毁魔杖的方法了吗？”翁布罗若问。

“是齐那普罗找到的。或许他意识到自己帮助黑女王是犯了错误，所以他研究出补偿的方法。”

“这个声音究竟是什么？”翁布罗若问，焦急地看着苏尔福。

“铃声。”苏尔福说，“这个铃铛的声音。我该把它拿出来了。”他一边说一边拿出一个用泛红的金属做成的小铃铛，放在桌子上。铃铛没有发出声音。

“一个简简单单的铃铛？为什么黑女王要害怕它？”丝碧卡问。

“这个铃铛能产生一种特别的声音。我们叫仙女的颤音，因为这是一位仙女送给矮人的。”

“一位仙女？”

“就是我之前提到过的奈维娜，雪峰的仙女。是她帮助我们选择建造美岩城的地址，并且把这个东西留给我们作为友谊的见证，说迟早有一天会用得到。”

“她知道我们？”翁布罗若说，“怎么可能？”

“仙女们知道很多事情。”苏尔福耸耸肩。“我们不能立刻实验铃铛有没有用，但我们所知道的信息都相互吻合：奈维娜的话和齐那普罗的笔记都提到仙女的颤音。”矮人说着把铃铛拎了起来。

丝碧卡张大了嘴巴。“但是……它没有响啊。”她说。

“哦，响了的。只是我们听不见。齐那普罗很了解这个小铃铛的历史，特意研究出这个缺陷加在了权杖上。”苏尔福说，“你们把它拿去，带在身上。”

翁布罗若拿过铃铛，苏尔福便出去了。

这时候小火柴灵敏的耳朵听到了轻拍翅膀的声音。它眯起黄色的眼睛，在空中寻找，它在找飞蛾。

突然间，小火柴跳到了椅背上，一道绿色的火焰喷出。蛾子烧了起来，落到桌子，焦了。小火柴满意地“哼”了一声，嘎吱嘎吱嚼起来。

第三章　巨人

早晨的空气清新而寒冷。斯特拉利乌斯停在一个垭口前，朝山的另一边望去，一个可怕的声音带他来到了这里，却突然停止了。这里是雪巨人的营地。到处都是白色的影子在耀眼的雪地里晃来晃去。之前这里似乎发生过一次首领之间的战斗。地上躺着一个扭曲的尸体，黑色的血溅在雪地上，是雪巨人的血。

莫儿前一天晚上就闻到了敌人的气味，现在他们的处境更加危险。

竖立的冰柱把营地围起来形成一个栅栏，周围遍布陷阱。斯特拉利乌斯没有选择，他必须摧毁这个营地，因为铁泉的源头就在营地下面。

他会魔法，没错，但是对方人数众多，体型至少是他的2.5倍。况且即使忽略这一点，他们仍是非常危险的生物。所以，斯特拉利乌斯一边仔细研究形势一边想，唯一的方法就是出其不意，单独行动。

或者，依靠一些小小的帮助。

莫儿的尖叫声在山上响起，声音不大但足以吸引雪巨人的注意。

接着是一阵沙沙声，一群穿着灰狼皮的白色身影朝着营地外面的陷阱快步跑了过来。

一只巨大的雪貂对于所有的雪巨人都意味着一顿鲜美的大餐。雪巨人来到故意踏入陷阱的莫儿面前，发出令人恶心的兴奋的叫喊。

他们或许会把雪貂带到营地里面，趁此机会斯特拉利乌斯可以穿过冰栅栏，避开陷阱。即使作为一个资深的巫师，要辨认这些陷阱还是很困难的。进入营地之后他就要速战速决。

斯特拉利乌斯从岩石后面观察营地，发现了一些用黑色金属铺就的管道系统，里面很有可能有水流动，那是铁泉的水。一进入营地他就要直奔那里，但首先他要对巨人用来发射烟雾信号的烟囱动动手脚，否则的话，所有的山上，或许连城里的邪妖，都会立刻收到信号，知道这个营地被袭击了。

一旦完成魔法，可能所有雪巨人都已经攻过来了。对付这些难缠的敌人，也许他不得不使出他知道的所有火魔法和热魔法。

悄悄地，斯特拉利乌斯看着巨人靠近莫儿，他们包围了它，用冰绳把它捆了起来，斯特拉利乌斯心中默默祈祷一切顺利。巨人们一边把莫儿往帐篷中间拖，一边用带着冰尖的长矛戳它，莫儿又踢又打又咬，愤怒地撇开他们。它用力一拽，弄松了脖子周围的冰绳，朝着其中一个巨人狠狠咬了一口。

那个年轻的巨人尖

叫起来，其他年长一点的巨人不仅没有帮他，反而幸灾乐祸地哈哈大笑，看着他黑色的血滴落在雪地上。

“再坚持一下，我的朋友。”斯特拉利乌斯轻声说，好像雪貂能听到他说话似的。他悄悄溜进营地，杖尖发出的水晶般的光芒将他隐身。他小心翼翼地经过两个坐在石堆前的巨人，这两个巨人正专心地看着莫儿和其他巨人撕缠。整个营地的注意力都集中在新的猎物上面。

没有时间可以浪费……

斯特拉利乌斯迅速溜到发信号的烟囱那里，念起咒语将火熄灭，没有烟冒出来。接着他又用咒语关上营地外的冰栅栏。

又长又尖的冰柱从雪地上冒了出来，像蜘蛛网一样无声无息地封住了营地的两个入口，把营地变成一个白色的监狱，斯特拉利乌斯和莫儿，以及自认为是营地主人的雪巨人们都被关在了里面。

现在没人能够逃跑。

随后，巫师来到流着铁泉泉水的管道前，管道被雪人封住供他们自己所用。里面的泉水愤怒地咕咕冒泡，好像在对他说：“我很生气，被囚禁在厚厚的冰层下面，我要自由……”很好，他正是为这个而来。

斯特拉利乌斯把被冻得冰冷的手放在金属管道上，口中念着听不见的咒语，释放出热量和力量。

管道颤动起来，发出感激的声响，接着伴随着一声啸叫，管道接缝处裂了开来。铁泉的水咆哮着喷涌而出，终于在山间雪地上汇成一条自由的小河。河水的热量融化了一部分雪，然而这时一片厚厚的云出现在了营地的上方，把一切都包裹在灰色的雾中。

一个年轻的雪巨人转身发现了巫师，咆哮起来，斯特拉利乌斯站起身来，直视敌人的眼睛，做好了战斗的准备。

莫儿踢打着从两个巨人的擒拿中挣脱出来。

巫师飞快地念出了咒语。杖尖噼啪作响，声音犹如巨雷，战斗开始了。

斯特拉利乌斯陷入了鏖战。魔法唤出的火舌击中了敌人，雪人巨大的身躯一个接一个倒在地上，寒冰做成的长矛和匕首不断向他袭来。

雪巨人的人数太多了，尽管有魔法护身，斯特拉利乌斯仍然没法躲过每次袭击。一个雪巨人将他打倒在地，魔杖摔了出去。巫师怒吼起来，咬紧牙伸出了双手。只见紫红色的光从他的指尖射出，浑厚的声音念出了咒语。

莫儿终于从虐待它的雪巨人那里挣脱了出来，它被他们的欺凌激怒了，开始朝他们发起了猛烈地攻击，惩罚他们之前的暴行。

一人一貂激烈地战斗着，一刻没有停歇，此时阴沉的浓雾依旧不停地出现在营地之上。最后，在铁泉泉水的雾气中，营地渐渐回归了寂静，如同静默的寒冰一样。

战斗的铿锵声平静下来，最后一个巨人的咆哮在斯特拉利乌斯身后响起，巫师转过身，刚好躲过袭击，只是擦破了点皮。接着，他集中所有力气，举起手放在面前，念起神秘的咒语，朝最后一个巨人施了魔法。最强大的魔法。

耀眼的光包围了巨人。

巨人惊讶地看着巫师，还来不及反应，就摔到地上停止了呼吸。

斯特拉利乌斯站在原地，大口喘着气，他的脸上都是血，手也很痛。他找回魔杖，把它刺进雪地里，支撑住自己的身体。莫儿也受伤了，它走到巫师身边，用鼻子蹭着他的肩膀，似乎在祝贺战斗胜利。

“你还好吗，我的朋友？是啊，我知道……在这种事情上我明显地感觉到自己老了。”巫师笑道。

他们周围安静得如同寒冰一样。风起了，铁泉的水汽像云一样，朝着美岩城的方向散去了。莫儿的耳朵竖了起来。

“你听到什么了吗？”巫师问。

这时他也听到了。

那声音是从冰井底下传来的。

第四章　迷雾之路

消息传来的时候，矮人们正在就实施计划确定最后的细节。又是小贝里罗大喊着跑了过来，后面跟着奥尔蕾布兰达。

钻到壁炉烟囱里的小火柴满身是灰地跳了下来，嘴巴里不知道在嚼着什么东西，它疑惑地看着两人，从鼻子里喷出几个烟圈。罗比尼娅训了它一句，但大家的注意力立刻被小贝里罗带来的消息吸引了：“铁泉有水了！巫师完成了他的使命！”

“没错。”奥尔蕾布兰达说，一路跑过来的她还有点气喘吁吁。“不过山上好像燃起了一个巨大的烟柱。邪妖们都在议论纷纷……我看是时候行动了。”她抓住苏尔福的胳膊说道。

“我们现在进行到哪一步了？”苏尔福问古普

鲁，这几个小时里，古普鲁都在跑来跑去组织工作。

古普鲁走到桌前，桌面铺着几张画着城市地图的羊皮纸，他指着用彩色圆圈标出来的地方说：

“我们占领了黑泉地区，所有的仓库和坩埚路上的房子。”

“我们也占领了酒馆。”奥尔蕾布兰达一边说一边在图纸上添上一个圈。

“现在只剩下最困难的部分了：佛尔贾萨路的房子和秃鹰之家，那里是邪妖们的军营。还有凿子镇，生产黑铠甲的地方，自然还有大长老家，那里有空心骑士……”

“我们来对付他们。”莱古路斯拍了一下翁布罗若的肩膀插话道。

他立刻以为自己说错了话，因为在场所有的矮人都转过身来看着他和翁布罗若，脸上写满疑惑。

奥尔蕾布兰达紧紧地抓着身边的小贝里罗，激动地说：“你们确定能做到吗？仅仅凭你们几个？”

“我们必须做到。”翁布罗若笑了一下，手抚

“毒药”。

“那就这么定了，我们没有多少时间了。”苏尔福打断了他们。“必须尽快夺回城市。你们精灵也有自己的任务。”

“是的。最好现在就出发。小贝里罗和小朵尔玛丽娜陪你们去。”阿达玛斯说，“别忘了这个，这是用来打开板门的钥匙。”说着他交给他们一把花岗岩做的钥匙。

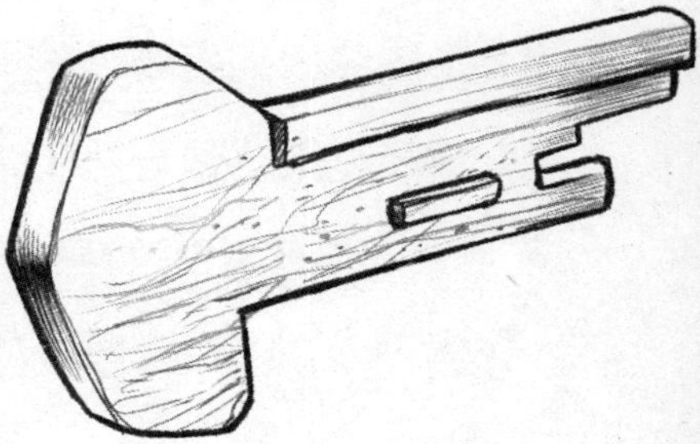

苏尔福跟他们告别：“祝你们好运。你们需要好运！”说完他匆忙离开了铁匠铺。

罗比尼娅一直试图把小火柴塞到行囊里去，但是没有成功。每次抓住它，它都会像鳗鱼一样又溜出去。

“我不知道自己为什么要带它来。”罗比尼娅不安地自责道。

“你们有没有想过，它可能就是吉内普罗预言里提到的那条‘龙’！”莱古路斯说着一手逮住了小火柴，“唯有弓、鹅、龙、剑，终能覆灭黑暗之师……”

罗比尼娅瞪了他一眼，一边抓住小火柴的尾巴把它提了过来。“当然了，为什么不是呢？这个毛球！”

“好吧，如果这么说的话那预言里还提到一只鹅。一只鹅肯定不可能是什么英雄了……”莱古路斯说。

小火柴喷了喷鼻子，再一次从罗比尼娅的怀里溜了出去，哼着跳到了墙壁上。

“不管是不是，它看起来并不想和我们一起去。”翁布罗若说着走了过来，一边把隐形风衣的扣子在脖子前扣好了。

“但我们不能把它留在这里！”罗比尼娅说。

小火柴瞄准天花板的一角喷出一股绿色的火，一个东西扑打了一下翅膀，小火柴还没来得及上前抓住它，那东西就落到了走廊上。

莱古路斯蹲下来仔细观察起那团被烧焦的东西来。“不管怎么说小火柴也算是个厉害的昆虫捕手，这就是它一直在捉的东西！奇怪，我以为这地方这么冷不会有什么虫子呢！”

“虫子？”小贝里罗问，他和小朵尔玛丽娜一起走了过来，“这里一向是没有虫子的……”

“一个都没有？”丝碧卡吃惊地问。

翁布罗若回答：“没有……除非是……舞毒蛾！”

“舞毒蛾！”小朵尔玛丽娜打了个寒战。

“女巫的间谍！”莱古路斯咬牙切齿地说。

“那么现在邪妖们已经知道了矮人的全部计划！”丝碧卡紧张起来，“它们是怎么进来的？”

“这房子里有很多没有生火的壁炉，它们可以从烟囱进来……”翁布罗若说。

这时候小火柴跳了下来，咀嚼着它的烤昆虫，它用粗糙的舌头舔了舔自己的脸，看了一眼周围注视着它的人。

小贝里罗脸色已经苍白：“我们必须通知其他人！”

“如果他们知道了，那现在妈妈和爸爸都有危险！”小朵尔玛丽娜说。

“或许他们并不知道。或许小火柴，在不知不觉中，帮助了我们，吃掉了舞毒蛾！”

小朵尔玛丽娜蹲下去抚摸小火柴的脑袋，小火柴满足地哼着。

“你们能把它留在这里吗？这样如果有别的舞毒蛾的话，它就会被发现！”小贝里罗皱着眉头问。

罗比尼娅咬住了嘴唇，但翁布罗若表示同意。

“我怕在大长老家它会给我们带来麻烦……”

“好吧……不过……”罗比尼娅有些犹豫。

“你会在冰峰再见到它的！”小朵尔玛丽娜安慰她说。

罗比尼娅点点头，蹲下来跟小火柴说再见。它吱吱叫了两声就沿着走廊跑开了，或许又追蛾子去了。

小朵尔玛丽娜抓住了它，把它带到铁匠铺去了，她会告诉那里的矮人们现在的情况。

少年们一个个穿上了隐形风衣。

“你们把衣角抓好了。”小贝里罗说，这时小朵尔玛丽娜也回来了，钻到了他的隐形风衣下面，“密道的板门在岩盐路的中间，是一个刻着美岩城标志的金属板子。”

其他人点点头，各自戴上风帽，一个接一个地消失了。接着一只看不见的手打开了鲁提路斯家的门，外面的冷气钻到了走廊里，大家都打了个寒战。

艾斯培里奥大厅是美岩城最特别的建筑，比其他建筑都矮，外形有点像豆荚。

厅里有很多奇怪的机械装置，画和挂毯。上面画着发现艾斯培里奥，建立美岩城以及矮人王国历史上其他的重大事件。邪妖们认为这是一个博物馆，并把这里改成了一个仓库，专门存放已经铸造好等待上交的铠甲。

长老们在大门前停下了，警惕地看了看两个守卫的邪妖们。

阿达玛斯吹了声口哨。守卫吓了一跳。

“来者何人？

自由的灵魂寻找自由。

矮人王国万岁！”

“很好，是你们！我还担心这里的守卫没有被调包呢。”伽蕾娜说。

“你们乔装得这么好，还真吓了我们一大跳！”鲁提路斯笑着说。

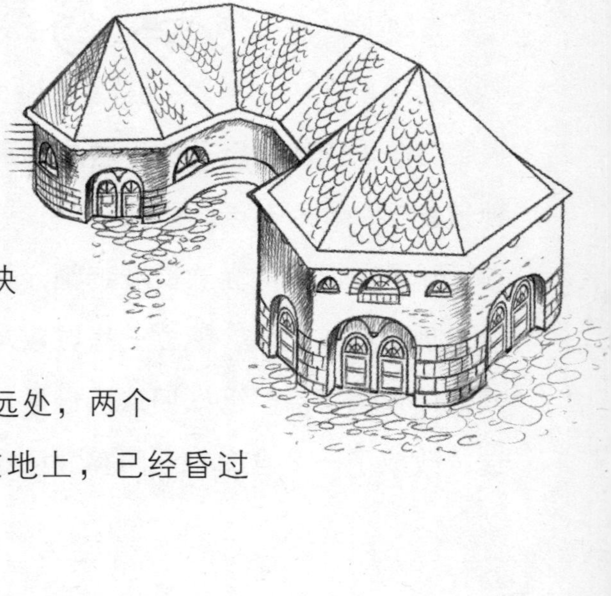

几位长老加快脚步进了门。

就在门内不远处，两个真正的守卫躺在地上，已经昏过去了。整个大厅堆满了拆开的铠甲，甚至中间的水池中也是，那里堆放着装黑手套的箱子。一旦装置启动了，这个水池就会蓄满五大喷泉的水，所以矮人们先着手把里面的箱子都搬了出来。

曾经这里就是开启美岩城的防御装置和开关板门的地方。

长老们一个个站到自己的位置上，开始启动装置。第一个是阿达玛斯。只听小齿轮嘎吱嘎吱的声音在大厅响起，好像一声古老的叹息。太长时间没有水流过的管道叮叮当当地响起来，接着响声变成了嗡嗡声，随后一条细细的水流从管道口汩汩流了出来，源源不断地流入通向水池的凹槽里面。没过多久，五大喷泉的水都重新流进了中央水池里的五条细细的金属管道。只听见“咯咯”一声响，矮人们知道板门已经打开了。

山上的风刮下来的烟雾笼罩了幼石路。厚厚的灰色烟雾附着在衣服和其他东西上面，给它们都沾上了湿气。这样的场面在美岩城很少见，小贝里罗和小朵尔玛丽娜都惊讶得张大了嘴巴。

两个小矮人领着精灵们钻进一条夹在石头房子中间的小巷里。一切似乎都很顺利，但这样的浓雾让翁布罗若产生了一种不祥的预感。

进入岩盐路前，两个小矮人突然停了下来，少年们屏住呼吸，竖起了耳朵。几个邪妖们的声音传来，他们正在叽里呱啦地谈论着从山上吹下来的烟雾。或许又是哪个雪巨人被自己愚蠢的魔法弄死了……事实上他们并没有嘲笑巨人的动机，毕竟巨人一直以来都是女巫的盟友，怎么说他们都是一伙的。但巨人是一个奇怪孤僻的族群，邪恶又残暴，是的，只对他们自己的利益感兴趣……其实黑女王没有承诺过会把世界变成冰原来作为给他们的报酬，所以他们也没有“真正”臣服于她。他们生活在山中，也打算一直待在那里。他们把山当成他们的财产，用冰矛和雪球袭击任何靠近他们营地的人，即使那人只是路过。

冷血曾经尝试过与他们结盟，但他们仅仅同意了不袭击进入大山的邪妖们。不过这种待遇已经比他们给矮人的好得多了，多年来，巨人和矮人一直是对立的。

“我觉得他们准备袭击咱们了！看这雾！哎呀！真浓，还有股讨厌的焦味儿。”一个邪妖一边说一边从少年们面前走过去，少年们紧紧贴着墙没有被发现。

不一会儿，说话声和脚步声渐渐远去了，大家来到板门前。

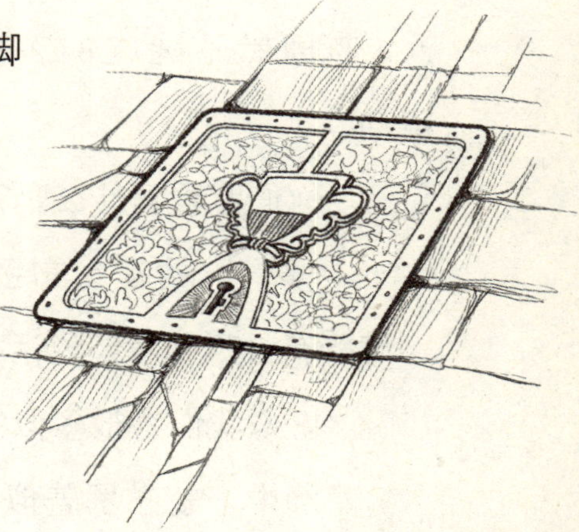

翁布罗若蹲下来，用最快的速度把钥匙插入了锁眼。

门“嘎吱嘎吱”地

开了。大家屏住了呼吸。

是时候了，他们一个个跳了下去，翁布罗若断后。

“你们要当心。”进入黑暗的通道前翁布罗若对两个小矮人说。

“你们也是。”小朵尔玛丽娜说。

翁布罗若点点头，进入了黑漆漆的通道，他关上板门，手里紧紧攥着大长老家的地图。

四周黑咕隆咚的，所有人都站在原地，一动不动。

“你们能看到什么吗？”莱古路斯问。

“嘘！”站在翁布罗若身后的丝碧卡责备道，“可能有人听到我们说话！”

“好像我们人很多似的……”莱古路斯嘟哝。

隐约中，翁布罗若似乎感觉到“毒药”震动了一下，他握住了剑柄。震动传到他的手臂上，并没有停止。几乎是同时，通道里传来了奇怪的声音。

“什么东西？”罗比尼娅不安地问。

“像是鸭子叫。”丝碧卡说。

翁布罗若摇了摇头，挤过狭窄的通道来到队伍前面，以防前面出现危险的敌人。

通道里黑漆漆的，走着走着终于看到一点微弱的灰色光线从上面射下来照到石壁上，那应该就是大长老家花园里那张有个小孔的板门，跟矮人描述的一模一样。翁布罗若打开板门，小心翼翼地往外看。周围都被潮湿的雾气笼罩了。刚刚那个奇怪的声音听得更清楚了，叫得也更加绝望。

接着传来了脚步声，击打东西的声音，打翻锅子的声音，还有叫骂声。

翁布罗若藏在他的隐身风衣下，用手一撑，从狭窄的密道跳了出来，回头把其他人也拉了上来。四周的树木都干得像骷髅一样，除了一棵巨大的白色杉树。那个声音依然不停在叫。

这时候，雾散开了一点，大长老家花园的全貌呈现在他们眼前。同时，一只肥鹅从厨房的门后面跳了出来，拼命拍打着翅膀。

第五章　冷血的午餐

可怜的肥鹅后面跟着一个邪妖，他从门后跑出来，拿着一把刀朝鹅扑去，但是扑空了。

鹅拍打着翅膀逃跑了，惊恐而气愤地呱呱叫着。鹅跑到了少年们身后，看起来个头还不小。它应该不是这个王国的动物，否则不会这么大。或许是跟很多别的动物一样被当作商品运到矮人王国的，在通过魔法门的时候变小了。

“过来，小畜生！”邪妖叫喊着试图去抓它。“能来这儿是你的运气，给我站住，我的老板要煮了你给冷血大人吃！”

肥鹅不顾邪妖的叫喊和威胁继续逃命，而翁布罗若还放在“毒药”上面的手再次感到了剑的震动。

突然他脑海中浮现出吉内普罗的预言：“唯有

弓、鹅、龙、剑，终能覆灭黑暗之师！”

莱古路斯把手放到丝碧卡的肩膀上，罗比尼娅小声对她说：“快！让他睡着！”

丝碧卡拿起弓，瞄准了邪妖。箭离弦而去，在空中变成透明的，轻松射中了目标。邪妖的肚子中了箭，只见他两只眼睛转了转，便呻吟一声倒在地上睡着了。

神奇的是那只鹅不再呱呱叫了，它惊惶失措地看了看周围，慢慢来到那个邪妖的面前，啄了他几下，好像没弄明白他发生了什么事情。

“现在怎么办？”丝碧卡问。

“我们得把他藏起来。”翁布罗若说。这时候雾越来越浓了。“根据苏尔福所说，那边应该是个柴房。”他指着一扇从外面闩上的门说。

于是他们迅速抓住邪妖的身体开始往柴房拖。

为了方便活动，丝碧卡和罗比尼娅把披风拨到了一边，这时她们察觉到那只肥鹅正用严肃的目光打量着她们，它迈着可笑的步子走到柴房门前，来到了她们身后。

“我们拿它怎么办？”

“你们刚刚肯定想到了，不过……它没让你们想起什么吗？”莱古路斯说。

丝碧卡点点头：“弓、剑、鹅、龙……”

“我不知道。”罗比尼娅摇摇头说。此时莱古路斯和翁布罗若一起把邪妖拖进柴房里，重新关好了门。“没有瞧不起它的意思……只是，你们觉得一只真正的鹅会是个好帮手吗？我可说不准，我还以为预言里指的是一个鹅形标志什么的……”

“好吧，不管它是不是我们的鹅，它也不该成为冷血的盘中餐。”莱古路斯说。

这时，那只鹅来到了门边弯下了长长的脖子，注视着他们留在雪地里的脚印。

“还有这个。”莱古路斯一边说一边弯下腰捡起邪妖的刀。“要是被人看到，这里发生的事情就暴露了。”

他从风衣下面伸出来的手让鹅发现了他。鹅往前一跳，一口啄上了他的手指，莱古路斯痛得差点叫出声来。

“哎呀，小东西，我们救了你的命你总不该这么回报我吧！”他抱怨道。

鹅直起脖子偏了偏脑袋。

“嘘！”翁布罗若示意他不要说话，在一片令人不安的寂静中，传来了金属拍打在石头上的声音。

鹅用嘴巴衔住莱古路斯风衣的一角把他往杉树后面拖。其他人则藏在了柴房后面的角落里。

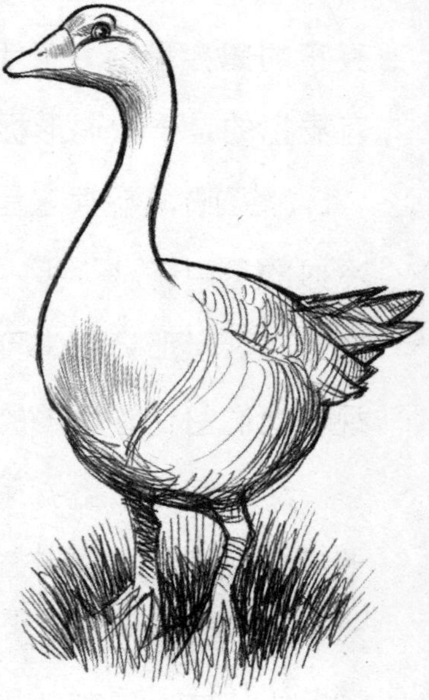

一个空心骑士出现在拱廊下面，用他邪恶的红色小眼睛打量着周围。然后他走到花园中间，转过身来。

大家随时可能被发现，因为在空心骑士面前，隐身风衣并不管用。

第五章　冷血的午餐

“杂役！”空心骑士低沉的声音喊道，那个打杂的邪妖自然没有回应。

空心骑士的眼睛沿着雪地上拖拽的痕迹扫了过来，翁布罗若很清楚他们马上就会被发现，只是时间问题。

骑士走到柴房外停了下来，认真地审视着花园。

翁布罗若的心怦怦直跳，放在剑上的手再次感到了“毒药”的颤动。是的，他们身处危险之中……他必须出其不意，在空心骑士发现他们并招来更多人之前行动。

他上前一步来到这个高大的敌人身后，利落地抽出“毒药”，挥向空中。就在剑要砍下去的时候，那双红色的小眼睛转了过来，翁布罗若知道他被发现了，对方已经明白了。

然而命运之剑并没有停住，一大片黑色的血迹在雪地上洇开了。

第六章　龙猎人

雪巨人的营地上水汽都已经散开。一堆小小的篝火照亮了斯特拉利乌斯的脸和一个瘦弱疲惫的囚犯的身影。他就是巫师从冰井里拉出来的人。

犯人努力让自己看起来不动声色，但还是被冻得瑟瑟发抖。“谢谢你，斯特拉利乌斯。”他说，“是什么让你来这里和雪巨人战斗，只带了一只雪貂做帮手？”

斯特拉利乌斯也想问囚犯这个问题：“你为什么来这里？”

“你没猜到吗？”囚犯看着他说。

斯特拉利乌斯之前只见过他一面，那时候他还是个少年。那是很久很久之前的事了，在另一个地方。如今，经过了多年的战斗，眼前的这个精灵已经不再是他记忆中的那个了，除了那双眼睛。

他的两鬓已经有了灰白的颜色，头发上结着冰，寒冷让他战栗，看起来苍老又弱不禁风。他不老，更不是弱不禁风。他那个家族的精灵是永远跟“弱不禁风”这几个字沾不上边的。

“这么说，摧毁了旧路上的要塞的人就是你？”巫师问。

“我一向讨厌黑女王的那些马屁精。”囚犯冷笑道。

“我猜你就是翁布罗若跟我提到的龙猎人。在森林王国给狼人国王抓龙的人……”

这个话题让那精灵变得分外严肃，他吞了吞口水，回答道：“我很熟悉龙，你知道。不要认为这对我来说很容易。但我有任务在身，我要保护那里的人民。那时候城里有非常多的犯人，情况十分糟糕，他们甚至没有吃的。我帮助他们中的一些成功逃跑了，另一些人则免除被砍头的命运……”

“你还帮助了翁布罗若。”巫师说。

“没错。他们是这么叫他的。”猎人悲伤地说，“或许没人知道他真正的名字才是最好的。”

“你知道他是谁？”

“我怎么会不知道？不说他的脸，他的目光……光看他那把剑我就知道。”一个苦涩的笑容让猎人的脸皱了起来。

“那你为什么没有留下来帮他？”

“他好吗？”

“他很好。”

“我已经尽我所能帮他了。但我们要走的是两条不同的路。”

“你真这么认为？”斯特拉利乌斯深深地叹了口气说，“他要去女巫王国，你不是也要去那里吗？”

猎人惊讶地抬起头看着他。“去那里？为什么要去那里？他已经解放了他的人民……他们还要他干什么？他一个孩子还能够干什么？”

“他不是一个人。弗洛莉迪娅娜委托他完成一个使命，他也做出了承诺。现在他知道了那些消失的王国的命运，他决定拯救他们，他踏上了你的路。所以他来到了这里。”

“这里！”猎人喊道，“他在这里？”

斯特拉利乌斯平静地点点头，猎人沉默了很久。最后他说：“你要阻止他！黑女王没有人性，而且她现在比任何时候都强大。她有一根权杖！一根带有非常可怕魔法的权杖。就凭着那根权杖她仅仅一个动作就把我们的岛变成了一堆没有生命的石头！我能够幸存下来是因为我当时在外地执行任务。对此，他又能做什么？”

“他知道的比你想象的多。现在他已经长大了，他有能力自己做决定。不然你认为弗洛莉迪娅娜为什么会选择他？”

“因为她以为古老的玫瑰骑士只剩下他一人！他是唯一的血脉……但事实并不是这样。我还活着。应该由我来和斯特里娅交锋。仅仅由我一人！而不是……一个小孩！”

“哦，别说了！如果他不是一个人，证明给他看！你可以告诉他，他的父亲是谁。你可以告诉他，他是谁！跟我下山去，去跟他谈，和他一起战斗。你也知道他必须战斗。他需要所有可能的帮助，包括你的！”

“那个孩子从来没信任过我。”猎人咬着牙说，想起了他

和翁布罗若在森林王国的谈话。

“他不知道你是谁自然不会相信你！”停顿了很长一段时间后，巫师又说，“但现在你还没告诉我，你到底在这里做什么。”

猎人苦恼地看着他。“我在找奈维娜，雪峰的仙女。她曾经帮过我一次。我希望她能指引我去黑暗王国！”

“还有一个可以到达黑暗王国的方法：穿过被遗忘的魔法门，沿着黑暗军团进攻的路线往回走……”巫师说，突然他停住了，因为他看到猎人的眼中闪过一道光，只见他一屈膝，敏捷地跳了起来，喊道：“趴下！”眼睛盯着巫师身后。

斯特拉利乌斯扑向一边，趴倒在雪地上。

一群舞毒蛾从他身后腾起，在空中盘旋着，随时准备朝他们袭来。

猎人脱下皮毛大衣，从火堆中拿起一根燃烧的火炭，在空中挥舞起来。

紫红色的火焰中，舞毒蛾纷纷落地，变成发黑的细小残骸。

“我敢说你变强了。”巫师一边抖掉身上的雪一边说。“我不能留在这里了。我已经完成了我要做的事情，现在我在冰峰有个约会。你打算下一步做什么？跟我一起去还是留在这里？”

猎人一动不动地站在他面前，黑色的眼睛紧紧地盯着他。

第七章　神奇的影像

丝碧卡紧握着弓，看了看四周。她也不知道翁布罗若是怎么做到的，但他意外地击中了空心骑士。他挥舞着“毒药”，发出了简单而致命的一击，刺穿了黑色的铠甲，被杀死的敌人倒在了地上。幸好厚厚的积雪吸收了他倒地的声音。

“很好，少了一个空心骑士。”莱古路斯说。

这时候，又一个细微的声音传来，把他们都吓了一跳，全都重新回到自己的斗篷里去。

一个围着带有血迹围裙的瘦骨嶙峋的邪妖从厨房门内走了出来，叫道：“大鼻子！大鼻子！”然后挠了挠头，整理了一下帽子，气喘吁吁地说：“他到底躲到哪里去了？又笨又没用的杂役！肯定是躲到哪个角落去打盹了，不来帮我干活。要是被我找到的话……”他骂骂咧咧地回到厨房里去了。

大家看了看那只鹅。翁布罗若担心地说：“我知道你遇到了麻烦，但我们也不能再为你做什么了。我们还有任务在身，石座在等着我们。”

作为回应，鹅只是伸长了脖子，咬住他的一只袖子，把他往厨房那边拉。翁布罗若跟着它走了过去。

一伙儿人躲在家具后面，慢慢穿过了无人的厨房。为了不碍事，他们把斗篷披在肩后，一手握住，随时准备在有需要的时候躲进去。过了厨房便是一个房间，里面有一个烧木头的炉子，经过这个房间他们走进一扇石头拱门，门内是一条昏暗的走廊，这些和苏尔福说的一模一样。走廊两侧有几个壁龛，壁龛上放着花岗石雕成的几个戴着尖帽子，手里举着凿子、榔头和锤子的矮人形象。

他们应该就是建造了美岩城的五位大师，矮人们曾说过关于他们的事情。接着少年们拐了个弯，就在接近主厅的时候，走廊尽头传来一阵说话声，大家都吓了一跳。

那个厨子和另外的人说了几句话，在逆光下，只看到他骨瘦如柴的身影站了一会儿，就进入走廊往他们的方向走过来了。

在鹅的带领下，大家躲到了一个小房间里，这房间像一个废弃的旧衣柜。

“一群白痴！”厨子一边抱怨一边走了过来。“他们不吃不喝，连活人都算不上，居然还想告诉我怎么做饭。”说罢他往厨房走过去了。

大家屏住呼吸，看了一眼走廊，裹在斗篷里离开了藏身的小房间，轻手轻脚地迅速通过了最后一段走廊。翁布罗若把鹅抱了起来，在斗篷的遮挡下鹅也消失不见了，随后大家朝大厅走了过去。

台阶上站着一个空心骑士。翁布罗若往前走了几步，在大厅一侧几根高柱子后面藏了起来。突然，另一个邪妖从门口走了进来。门外带进来的风在大厅旋了一圈，往走廊吹去，翁布罗若的斗篷被吹得飞了起来。空心骑士动了。

“老大在哪儿？”邪妖呱呱叫道。

“在他的房间。”空心骑士回答。

他红色的眼睛在扫视。

“你有什么消息吗，斜眼儿？”

“今天派到墙外的白色小分队还没有回来。那些傻子以为吃定我们了，却不晓得我们早就知道了。”

翁布罗若心里一紧。舞毒蛾，白色的蛾子，通过它们敌人已经知道了矮人的造反计划！那个邪妖说的“白色小分队”指的就是它们！

“有精灵的消息吗？”空心骑士问。

第七章　神奇的影像

斜眼大笑起来，笑声难听得刺耳。

“精灵？这儿？你在做梦吧！几个世纪来这儿都没出现过精灵，就算他们来了，也被冻死了。到目前为止，我们的舞毒蛾也没有见过他们。放心吧，没有身体的朋友！这里没人能把你的盔甲切碎！”斜眼讥笑道。

翁布罗若以为空心骑士会发怒，但空心骑士对邪妖的冒犯无动于衷。于是翁布罗若决定继续朝台阶前进。

“你们不能低估了那些精灵。我的队长低估了他们，所以没能活着把这个告诉别人。”空心骑士用低沉的声音说。

两人说话的时候，少年们偷偷溜到了台阶边。这台阶非常大，下面用石柱支撑，柱子上有精美的雕刻。

趁着空心骑士背对自己，他们往上偷偷走了几个台阶，陆续来到了台阶尽头，消失在了黑暗中。

莱古路斯刚刚来到二楼，就和什么东西撞了个满怀。他低头一看，怀中抱着一个邪妖。那个邪妖被看不到的东西撞了个晕头转向，手里的信也掉到了地上，他连忙蹲下想捡起来。不过莱古路斯已经一拳头把他打倒了。邪妖绿色的嘴巴最后吐出的几个字是："什么？有人。"但还没等其他人听到，他就晕了过去。

"哎呀，现在怎么办？"莱古路斯问。

翁布罗若见怀中抱着的鹅已经有点焦躁了，于是放下了它。鹅往前走了几步，在右边的一扇门前停了下来。

精灵们跟上去。罗比尼娅打开门，其他人把晕倒的邪妖拖了进去。

"你还好吧？"丝碧卡一边问莱古路斯，一边小心地关好了门。莱古路斯表情痛苦地摆摆手。

"没事，那个邪妖头也太硬了，我的手都差点脱臼！"

"算你走运。如果他有时间反应，可能会用他的铁手套对付你。”翁布罗若蹲在邪妖面前，把铁手套脱了下来。

邪妖鹰钩般的手垂到地上，大家把他的手反绑到背后。翁布罗若认真观察了一下他沉重的手套：手臂和手指部分是层叠的金属片，握拳的时候，手套会变直，成为锋利的长爪。

“或许你应该戴上它。”罗比尼娅说。

“不，我戴上它用‘毒药’就不方便了。”翁布罗若说，“倒是你应该戴上它，莱

古路斯。”

“我不喜欢这种东西。”莱古路斯拿起手套，“况且我也不清楚是否适合我。”

“但这样你能有个像样的武器。你不能再拿着你的小十字弓到处走了。”罗比尼娅说。

“至少戴上一个吧，接下来会发生什么还很难说。”丝碧卡说。

翁布罗若看到她额头上的星星发出欣喜的光，尽管在这样困难的情况下并不容易察觉。

接着他转过头，忽然看到了她。

他们身处的这个房间是一个旧卧室。家具很简单，都积满了灰尘：一个抽屉柜，一个放着水壶的柜子，一张挂着蚊帐的床，一个壁炉和一个衣柜。唯一的窗户透出一点微弱的光线，角落里有一面镶着铁框的镜子。

当他的眼睛扫到镜子的时候，翁布罗若从里面看到了他自己和另外一个人。

那是一个年轻的女人，她也惊讶地看着镜子里的自己。她身穿一件灰色的长衫，腰间系着一条编织腰带。头戴一顶柔软的帽子，颜色和长衫一样，有一头及肩的白发，尽管她的脸看上去不超过二十岁。

翁布罗若以为自己看到鬼魂了。他后退了一步，撞到了丝碧卡，丝碧卡转过身，也看到了镜子里奇怪的“鬼魂”。很快，莱古路斯和罗比尼娅也惊恐地看着镜子。

这时镜子里的东西意识到自己被发现了，也转过眼睛看着他们。

翁布罗若明白了。同时他也明白了吉内普罗书中预言的含义。“能够从羽毛的束缚之下，辨认出她真正身份的人，方能诉说，倾听和被指引。”他高声背诵出来。

斯特拉利乌斯又说对了，到了合适的时候他自然就会明白这些话的含义。

“你是鹅。”

鹅看着他，眼神里混杂着惊讶、感动和痛苦等种种情绪。

“你到底是谁？”翁布罗若小声问，似乎害怕打破了让这只灰鹅显出原形的魔法。

鹅微微张开嘴巴，不同于之前的呱呱声，他听到了一个温柔的声音。

“我的名字叫法维拉，”她犹犹豫豫地说。“你们……你们能够听懂我的话吗？你们能够看到我以前的样子？”她指着镜中的人说。

翁布罗若来到鹅面前蹲下。“是的。我们看到了你镜中的影子，现在我们能听懂你的话了。”

“但你究竟是谁？”丝碧卡问。

鹅的眼睛变得忧郁起来：“现在没有时间解释。你们应该就是空心骑士向冷血提过的精灵。你们为什么要去石座那里？”

“我们必须找到开启‘被遗忘的门’的钥匙，我们认为它在那里。”丝碧卡说。

法维拉沉默了很久，然后说：“所以你们想去食人怪王国。”

“如果魔法门通向那里，那么我们要去的地方就是那里。”

“那条路被诅咒了，那个王国已经沦陷了。你们可以杀死空心骑士，但在那里现在没有人能帮助你们！”

“但我们必须从那里经过。”翁布罗若回答。

“我欠你一命，”法维拉叹气道，“所以我请求你，接受我的帮助！让我带你们去石座。”

“苏尔福告诉我们那里有两个空心骑士守卫。我们怎么才能进去？”

“只要我射出一支非常吵闹的箭。”丝碧卡说，“它的声音非常大，这样骑士就不得不去检查。”

“好吧，如果你可以随心所欲地控制你的箭，为什么不让它能打败空心骑士呢？”鹅问。

“因为骑士对我的魔法箭天生免疫。”

翁布罗若站了起来：“那么，现在我们走吧，时间不多了。”

第八章　声音和锁

翁布罗若小心翼翼地从门口探出头去，朝空空的走廊扫了一眼，随即招手让其他人跟上。他们的脚步踩在地毯上没有发出任何声音，眼睛也很快适应了只有寥寥几盏小灯的昏暗走廊。罗比尼娅把鹅抱在怀里，这样，在隐身斗篷的保护下，他们一个个溜进了走廊。

来到走廊右拐的地方，翁布罗若从墙后探出头去，只见两盏灯下有一扇被坚固的石柱环绕的巨门，门下站着两个守卫模样的空心骑士。

这里就是石座大厅。

翁布罗若看了看周围，心怦怦直跳，他咬了咬嘴唇。接着他退后几步进入了第一个房间，根据地图上的标注这个房间是书房，跟着又回去找其他人。

“我们现在怎么做？”莱古路斯问。

“我们已经到了。”翁布罗若说，“和苏尔福说的一样，门的两边各有一个骑士看守。我们必须引开他们。所以我们先到书房去。”他说，“丝碧卡，你从走廊这头往台阶射一支箭。”

“好，不过如果他们只有一个人走开怎么办？”丝碧卡问。

“房间朝另一个方向还有一扇门。我们从那边也射一支箭。希望我们走运。”翁布罗若叹气说。

“那我们呢？”罗比尼娅问。

“书房还有一个门几乎正对着石座厅的大门。我们从这里出去，而你，”翁布罗若转向莱古路斯果断安排道，“你需要在最短时间内撬开门锁。”

“没问题。”莱古路斯点点头。

翁布罗若继续说：“到时候我和你、罗比尼娅，我们在两边的走廊上把风，两个守卫一回来我们就马上通知。明白了吗？我们必须尽量不发出任何声音。如果骑士发出了警报，几秒钟内房子里所有的邪妖们都会来抓我们……”翁布罗若说。

大家都点点头，表情很严肃。

一进入书房，丝碧卡便从箭筒中取出了一支箭，接着慢慢往走廊探出脑袋。她有些担心：之前她每次拿出弓都是在情急之下，而魔法弓自己完成了所有事情……几乎不需要她做什么。箭一射出去，就在空中发生了变化，变成银的，铅的，甚至催眠的，根据敌人的情况相应改变。然而现在丝碧卡面前没有敌人，只有一面墙。她焦虑地看着箭，不知道这一次魔法会不会同样奏效。

“一切都好吧？”翁布罗若走了过来。

“没……”她承认道。

不知道为什么，一看到翁布罗若的眼睛，她就没法撒谎。

“不过，”她继续说，试图给自己力量，“我已经准备好了。”她叹了口气，看了一眼箭。

“肯定能成功的。”翁布罗若安慰她说。丝碧卡点点头，盯着走廊的墙壁，搭弓上箭，开始专注地想象一大片玻璃哗啦一下破碎的声音。

她深吸一口气，拉紧了弦，仿佛在让弓自己决定最好的时机，接着射出了箭。

玻璃碎裂的声音吓了所有人一跳，丝碧卡后退一步，差一点摔到翁布罗若身上。翁布罗若扶住她，把她拉到了书房里面安全的地方。

“发生了什么？”一个骑士说。

“那些蠢货打翻了什么东西。”另一个说。

“我去看看，你留在这里。”

少年们听见他的脚步发出的金属声通过了走廊。

翁布罗若小声说道：“加油，现在射出另一支箭。”丝碧卡往另一边的门探头出去，再次射出一箭。

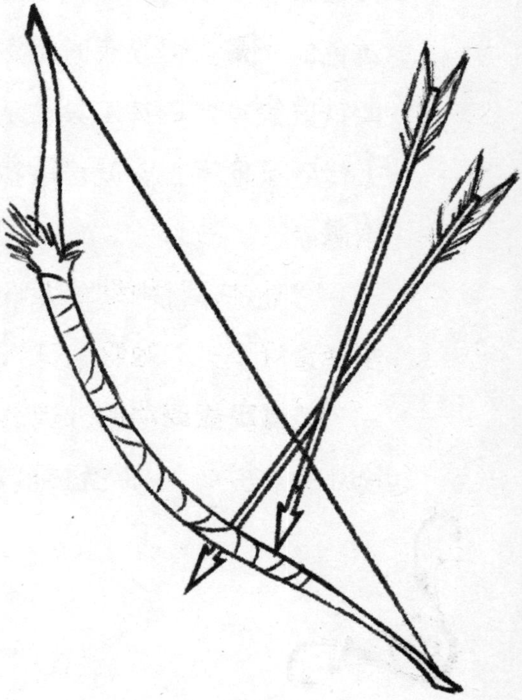

刹那间，木头掉落的轰隆声在另一头的走廊响起。

听到声音的另一个骑士突然转过身去，喊道："谁在那里？"接着就往那边走了过去。

少年们一动不动，骑士的脚步声朝走廊的尽头过去了。

这时候莱古路斯跑向了石座厅的大门。只见门锁上有一个令人毛骨悚然的标志：一个被两把锯齿状的匕首刺穿的骷髅头。这应该就是黑暗联盟的标志了。就在准备撬锁的时候，他好像看到标志边上有一圈淡黄色的光晕。但没有时间深究了，他开始用在鲁提路斯铁匠铺拿的撬锁工具忙活起来。突然一阵颤动从锁上传到了他手上，就像触摸到了闪电！他差一点叫出声来。

"让开，快！"法维拉出乎意料地来到了他身后。

她嘴里念起一些咒语，对于不懂魔法的人来说完全不知所云。一阵微弱的颤动流过了门锁，然后消失了。

“这是怎么……回事？”莱古路斯说。

“门锁有魔法保护，和所有女巫的锁一样。快点，到你了！”

“他们来了！”罗比尼娅和丝碧卡边说边跑了过来。

莱古路斯把工具插入锁眼，这一次锁没有再颤动。他的手灵巧地动着，耳朵高高竖着等着锁开的声音，但他唯一听到的声音是骑士走过来的脚步声。他心里慌极了，然而就在这一瞬间……

……门开了！

少年们和鹅溜进了大厅，翁布罗若也跟了上来关上了门。隔着厚重的木门他听到骑士回到了自己的位置。

“没人。”一个骑士对另一个说。

“你去哪里了？”

“我听到有奇怪的声音从走廊另一头传来就去看了，但什么都没有……”

“奇怪……”

“无论如何，门还是关得好好的。”

外面重新安静下来。

他们做到了。他们进入了石座大厅！

翁布罗若看了看四周。大厅是个不规则的四边形，两边雕刻有巨大的石柱，一边各有五根，石柱之间是长长的窗户，窗户上镶嵌着彩色玻璃。红色和金色相间的地毯从门口一直延伸到石座，石座是用一块完整的孔雀石做成的，上面装饰着各种图案和徽记。

“快！”法维拉喊道，往地毯上走了几步，“我们没多少时间了！”

大家立刻从惊讶中恢复过来，往前走去。他们来到石座前，开始在底部认真寻找起隐藏的暗格来。翁布罗若用手在石头上摩挲着。底座上雕刻着建造美岩城的画面，中间是五位建造者与仙女奈维娜在对话，奈维娜便是赠予他们铃铛和白杉树的那位仙女。

“看起来这里没有锁。”他缓缓说道。

这时候丝碧卡指了指一处看起来磨损得比较厉害的雕刻。翁布罗若按了一下丝碧卡指的石头。一阵微弱的声音响起，大家都安静下来，注视着石座。

只见画着奈维娜和矮人的长方形从绿色的石基上弹了出来，露出一个暗格，正如伽蕾娜描述的一样。

“太神奇了！”罗比尼娅喊道。

“没错。”翁布罗若说，一边凑过身去往暗格深处看。在暗格最里头，一串生锈的钥匙下面，躺着一块有着锯齿边的树叶形状的玛瑙。玛瑙似乎发出了一声微弱的召唤。翁布罗若伸出手去取它时不由得感到一阵激动的战栗。是的，一个如此美丽的东西只可能是出自仙女之手。即使它上面有了裂纹，还有一些红色的污迹，或许是血。

翁布罗若刚拿到玛瑙石，大厅里突然响起一阵刺耳的笑声。丝碧卡吓得往后一跳，罗比尼娅大叫了一声。石柱上的火炬燃烧了起来，红色的光照亮了墙壁和石座。

翁布罗若站了起来，把玛瑙交到丝碧卡手里，准备迎接等待他的挑战。

凶恶的笑声停了下来，两个空心骑士进入了大厅，分别站到门的两边。翁布罗若感到自己的心脏因为绝望而收紧了。

“你们拿到了！”一个令人厌恶的沙哑声音说。黑暗中走出来一个神秘的身影，露出了他恐怖的面容。

第八章　声音和锁

他是他们到目前为止见过的最阴暗最邪恶的邪妖。他戴着暗血红色的帽子，脖子上挂着长长的骨头链，链子上吊着一颗象征权力的肉红玉髓。然而最显眼的是他突出的颧骨上方，两只黑色的眼睛深深陷进眼窝里，目光狡黠。他就是冷血。

冷血往前走了几步，咧开嘴露出了一个令人不舒服的笑容，说："我承认我从没想过有精灵能到达这里，有人能够杀死空心骑士。但似乎你们中有人能够做到这一点！我可以知道是谁吗？"

"我。"翁布罗若上前一步，心里很紧张。

"哦，好吧！你是什么精灵？额头上有颗星，我会猜你是星星精灵，但你的头发和眼睛又告诉我你是森林精灵。不过，你的剑，却有另外的故事！”冷血不屑地说。

翁布罗若把手放到了“毒药”上。

“还有一群奇怪的同伙！”邪妖打破了平静，朝他走了一步，继续说，“都是些来自不同王国的精灵，甚至还有一只……鹅！”他看着法维拉。

鹅后退了几步，眼里充满了恐惧。

“滚吧，你们这些小年轻！难道你们真以为我会让你们拿走我的宝石！？”

“你早就知道了？”丝碧卡说。

冷血的斗篷动了动，这时大家才看清那不是一件普通的斗篷，而是成千上万的蛾子。活的！

“舞毒蛾！”莱古路斯惊愕地喊道。

蛾子好像听到了他的声音，纷纷盘旋起来，飞到天花板上悬挂的吊灯上。

“不久前我这些亲爱的朋友发现了矮人们有奇怪的举动。那些傻瓜，不把为女王和黑暗王国的前途工作当成荣耀，倒想造反。他们在打一场注定失败的仗，他们的一举一动都在我的掌控之中。”

“那么，你！”罗比尼娅刚开口。

翁布罗若害怕她说出什么冷血不知道的事情，立刻打断了她：“你知道我们？”

冷血耸耸肩。“我知道有人试图来这里，来我宫殿的深处，想拿走唯一一个能够让他们离开这个王国的宝石。”说着他抬起了尖尖的下巴，“说实话，我在等几个矮人，并且准备用他们的血给他们荒诞的企图画上句号。不过我的骑士朋友们来到我这儿，对我说有人能够刺穿他们的铠甲，杀死他们！好吧，事情变得更加有趣了。那就只能是仙女女王的骑士了，叫什么？玫瑰骑士，好像是。很显然，自从他们的王国被黑女王掌控之后，这种可能就不复存在了。我倒想知道拿着这样一把剑的你到底是何方神圣！”

他一边说一边用邪恶的眼睛打量着翁布罗若。接着他发出一阵嘶哑的笑声，继续说：“总之，我想说的是，一般来说我会立刻杀了你或者让别人杀了你！”

“但你害怕他的剑。”丝碧卡不屑地说。冷血冷笑起来："匆忙的结论往往是不正确的，小姑娘。"

翁布罗若握紧了一直在他腰间颤动的"毒药"。

"看来关于你的剑，你知道的并不多，年轻人，或许你真的太年轻了。"

"我知道的已经足够！"翁布罗若吼道。

"哦，当然了！"邪妖笑了。"然而你不知道的是，这样的剑我一直想拥有一把。人们都说它们是战无不胜的兵器，如果你真的用它杀死了不止一个空心骑士，就像你在我的花园里干的那样，那么很好，那把剑就绝对不能留在你手里，年轻人。它在我手里才更好。"他居高临下地说。

"你不行。'毒药'只接受翁布罗若，如果你杀了他，'毒药'就会追随他，变成碎片！"罗比尼娅喊道，莱古路斯已经来不及阻止她。冷血的笑声再次响了起来。

"哦，这我知道。你们以为世界上已经没有别的命运之剑了吗？当拿着这种剑的战士们被杀死的时候，他们的剑也和他们一起毁灭了！多浪费啊，你们不觉得吗？”他继续说，“事实是如果我打败了你，但没有杀死你，没有立刻杀死，这么说好了！我便可以拥有这把剑，因为我是用自己的实力得到了它，而它将适应我！你不觉得这是很美好的事吗？”邪妖说着，两手的大拇指插到了腰间的皮带里，皮带上挂着一把短剑。

“如果我是你的话，不会这么有把握赢。”莱古路斯说。

“哦，你们的幼稚真是让我吃惊！如果我说得没错的话，要解决一个小子，我们这边的人数难道不是太多了一点？”

“我还以为你们中间至少有一个会数数。”丝碧卡向前迈出一步，说，“我们有四个人！”

“五个。”法维拉更正道。

丝碧卡点点头，又说：“而你们只有三个。”

“哦，可怜的小姑娘，你不知道我有多遗憾，但恐怕我要纠正你一下！”冷血讥笑道。这时候一整队全副武装的邪妖出现在了火炬的红光之下。“总而言之，”冷血说，“情况对你们很不利！所以我有一个建议，主动把剑交出来，我就让你们走，你们可以继续你们的旅程。”

丝碧卡惊慌失措地看着翁布罗若，翁布罗若紧紧握着“毒药”的剑柄。

“你得到‘毒药’唯一的方式就是杀了我！”他说。

邪妖转了转脖子，露出一个鬼脸。“那么你已经做了选择！把你一剑刺穿是一件快事，用你的剑！”接着他把手放到了自己的短剑上，拔剑之前他对舞毒蛾说，“下达命令，我的宝贝们！这场愚蠢的革命已经进行太久了！让城外的军队进来，做他们该做的事！”

舞毒蛾飞起来，纷纷俯冲而入没有火的壁炉中，美岩城的上空被一张白色的大氅遮蔽了。

“现在各自迎接自己的命运吧！”冷血喊道，黑色的小眼睛盯着翁布罗若，充满了杀气。

而此时，少年们身后突然传来一声大喊。

第九章 逃亡

没有人能听懂那些词语的含义。法维拉的翅膀下释放出魔法的光晕，笼罩了房间，伴随着如同地震一般的巨大力量。只听见一声巨响，石座裂开了，地面上出现了一条长长的裂缝。

邪妖们吃惊地看了看四周，两个骑士几乎要站不稳，只能用他们长长的弯刀支撑着身体。突然间，一阵大风刮来，地面上生出许多长长的金色和红色细丝，涌向了大厅里的邪妖们。

地毯仿佛有了生命。许多邪妖被纠缠不清坚韧如铁的细线捆住，越捆越紧，不能动弹。一些邪妖摔倒在地上，拼命地用刀挥砍着，想要从捆绑中解脱出来。

丝碧卡举箭射向还没有被捆住的邪妖们，罗比尼娅和莱古路斯也开始用弓弩射杀敌人。

战争就像猛火一样在他们和冷血周围燃烧起来，然而冷血却能免疫法维拉的魔法，他拿着他的短剑扑向了翁布罗若。翁布罗若抽出“毒药”及时接住了他的一击，险些抵挡不了。

冷血冷笑一声，围着翁布罗若绕起了圈：“你有强壮的手臂，精灵，但你没有速度和准确度……让我来教你一课吧，蠢货，在杀死你之前我要你清楚自己有多弱！”

“那就证明给我看！”翁布罗若喊道，却忽然感到一阵晕眩……他面前的冷血分成了两个、三个、四个……五个冷血，每个都一样！

五张嘴同时在对他说话，围绕在他周围：“现在你怕了吗，嗯？”

翁布罗若惊慌失措地甩了甩头，拼命思考着怎么样才能打败这些幻影……他挥舞着“毒药”，砍到的身影却只是空气。

这些冷血们哈哈大笑着闪电般地移动起来，一个

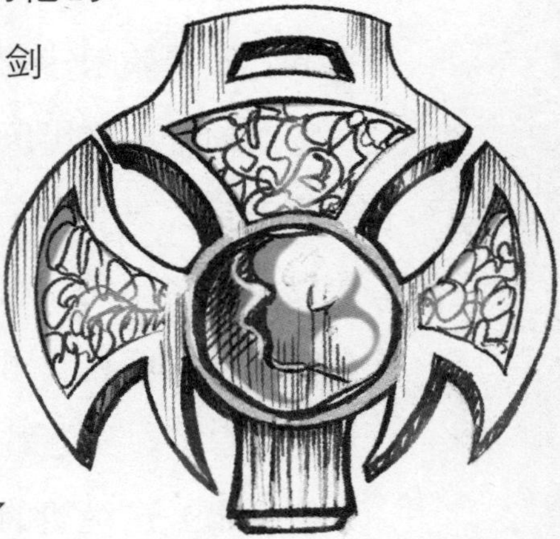

冷血出现在他身后，一剑刺向他的腰侧。翁布罗若猛然转身，用剑柄击中了对方的一只胳膊，但他自己也受伤了，冷血后退了几步，翁布罗若跪倒在地上。

“不！”丝碧卡大喊。

这时候一个东西迎面给了她一拳，她往后摔了出去，跌在了两根石柱之间。

“要得到你的剑太容易了。”翁布罗若周围的五个冷血冷笑道，“但在杀死你之前，你得知道你的朋友也会一个个跟你去，在被残酷折磨之后……全都是因为你！”

翁布罗若压抑住恐惧和疼痛站了起来。血浸透了他的衣服，伤口一阵剧痛。他挥舞着“毒药”再次投入了战斗，“毒药”碰到了什么东西，但只是擦了一下。

他朝那个方向转过身，咬着牙喘气道：“你想杀我吗？”他想从五个幻影中分出真正的冷血。“那就来杀我，不要转来转去地耍花样！”

冷血的眼中露出厌恶却又满足的神情。就在这时翁布罗若突然发现之前他没注意到的一件事情：五个幻影胸前挂的玉髓中，有一个，只有一个，发出了光芒，而其他的都黯淡无光。

他明白了，就是那个东西让冷血能够产生分身。

他发出一声绝望的怒吼，纵身扑向了那个身影，将“毒药”深深刺入。这次刺到的不是空气，这次剑刃刺到了结结实实的皮肤，刺穿了皮肤，刺入了身体。

邪妖低下头，惊愕地看着没入了自己身体的剑。

时间仿佛静止了，冷血“扑通”一声倒地，翁布罗若确定自己看到了他眼中对死亡的恐惧。

但很快他又露出了邪恶瘆人的笑容，绿色的嘴唇皱起，露出发黄的尖牙齿。“我要死了，该死的精灵，不过你……你也活不了！很快！在到达大门之前……”

冷血声音中的某种东西让他感到一阵恶心。翁布罗若抽出剑，用左手摸了摸伤口。“翁布罗若！”莱古路斯拼命地喊他。

翁布罗若一转身，刚好看见一个空心骑士走向了倒在地上的丝碧卡。

丝碧卡朝他射出一箭，但被黑色的铠甲挡住了。翁布罗若愤怒地大吼一声，朝骑士扑了过去，用尽所有力量，一剑刺入了黑色的铠甲。空心骑士摇晃了一下，随即铠甲无声地落了地。

翁布罗若朝丝碧卡伸出手把她拉了起来，问：“石头还在你这里吗？”

丝碧卡点点头，有点吓蒙了。

“那么快点，你们快逃出去！法维拉，你带他们从这里出去！”翁布罗若拼命鼓足力气喊道。

“那你呢？”莱古路斯问，一边抓住了丝碧卡。

“我跟着你们……走！走！”

丝碧卡、罗比尼娅、莱古路斯、法维拉和翁布罗若来到大厅门前。

第二个骑士跟了上来。翁布罗若感到腰侧的伤口灼烧起来，如同被一把烧红的剑刺进身体一样。他现在唯一能做的就是掩护其他人逃走，骑士左一刀右一刀，杀死了地毯上被线缠住挡路的邪妖们，沉重的铁靴从死掉的邪妖们身上踩过，就像碾死几只蚂蚁一样。

石座厅外，少年们不得不停下脚步。“哦，不，又有人来了！”罗比尼娅看了一眼台阶说。

法维拉跳到队伍前面，走进了左边的一条走廊：“这边，快！”

它走进一个房间，其他人都跟上去。

翁布罗若帮忙将一个椅箱和一张桌子搬到门边挡住，然后筋疲力尽地靠住了墙壁。

“你怎么了？”罗比尼娅看他脸色苍白，满脸是汗，不由地问。

“没事。”他说，打断了她。

“他们对你做了什么？”丝碧卡吃惊地问。

翁布罗若用尽平生最大的力气挤出一个笑容，没有回答。他蹒跚着走到窗边，敌人已经开始拍打木门，拍门声越来越重。

“走窗户！我们必须先把玻璃打碎！”他说。

莱古路斯抓起一张木椅，朝窗外扔了出去，玻璃立刻碎成了渣子。

“现在怎么办？外面太高了！”罗比尼娅看着他绝望地叫起来。

“树！你们滑到这下面的屋顶，顺着白杉下去！快！”翁布罗若说。

这算不上是个多好的主意，但现在已经没有时间想其他方法了。

很快门被砸开了一条缝。“快！我们掩护你们！”莱古路斯说着举起了十字弓。

法维拉第一个跳下去，它是唯一一个可以用到自己灰色翅膀的。

门剧烈摇动着，一条足够让整队邪妖进入的口子被砸开了。

接着丝碧卡跳了下去，很快罗比尼娅也跟上了。

莱古路斯不断朝门口射击，一些邪妖倒下了，翁布罗若则对付那些已经进来的邪妖们。

刚到地面，丝碧卡立刻抬起头朝窗户回望，只听到翁布罗若朝莱古路斯大喊：“走！你没法对付他！”

就在这时候那个空心骑士进入了房间，丝碧卡的心收紧了。她看到莱古路斯滑下屋顶，跳到白杉的树枝上，顺着树干飞快下到了地面。

“快！到板门下面去！”莱古路斯喊。“可翁布罗若……”丝碧卡说。“他会来，别怕。我们快走！”

哥哥脸上的表情说服了她，她什么也没说就遵命了，在他的帮助下进入了板门。一群人在黑暗的地道中朝出口走去。

翁布罗若知道自己坚持不了多久。他头昏目眩，眼里看到的东西都像在燃烧。有点不对劲……他的头如针刺般痛，眼睛也很痛。骑士上前一步，说了几句话，但他什么也听不清。他脑子里只有一个念头：莱古路斯已经下去了，他必须跟上去。

他飞快地跳到窗台上，试图朝树上跳去，但他失去了平衡，身体滑了下去……

向被遗忘的魔法门前进

第十章　凿子镇

斯特拉利乌斯在回忆中寻找这个有着手艺人工场和美岩城最古老熔炉的堡垒的影子，距离他上一次见到凿子镇已经过去很多年了。现在，长老们被迫每天在这里工作，为了生产出黑铠甲，他们精疲力竭地轮班。眼前的景象让他战栗。

莫儿停了下来，低低地叫了一声，龙猎人喘着气问道：“怎么停下来了？”

“没事……你之前没见过凿子镇吧？没，当然没有，你怎么会见过呢……好吧，我见过。我向你保证，见到现在的它，绝对是一种折磨。”

城墙根边堆放着一堆被丢弃的石头，随处可见被破坏的痕迹。

“你的朋友不是应该已经夺回这里了吗？”龙猎

人问。

巫师点点头。

“那么为什么那下面有一个邪妖？”

斯特拉利乌斯皱起眉头，朝龙猎人指的方向看过去。

下山的路一直延升至锻造路，锻造路上有一处被塌方阻断了。

“那不是邪妖。”过了一会儿巫师说。

“你怎么知道？”猎人问。

“因为他只有一个人，看样子不太熟练，还很紧张。而且莫儿闻到了他的味道并没有发出警惕的信号。按照计划，一旦夺回小镇，他们表面上还是维持被敌人占领的样子。”

“好吧，如果你不介意的话我想留在这里，就不跟你过去了。我知道你不会错，不过……”龙猎人一边说一边从莫儿背上下来。

“相反，”斯特拉利乌斯说，“巫师也会犯错。唯一的不同是他们犯错的后果更严重……在这种糟糕的情况下，我需要你的帮助！”

龙猎人笑了，藏在了一块石头的后面，斯特拉利乌斯继续往山下走去。

“来者何人？”戴帽子的守门邪妖问。

莫儿气喘吁吁地抬起头，斯特拉利乌斯回答：“自由的灵魂寻找自由。”

“矮人王国万岁！”守门人欣喜地说。

那个打扮成邪妖的人脱下了帽子，是奥尔多克拉西奥。他上前一步，认出了斯特拉利乌斯。“巫师！终于见到你了！我们都开始为你担心了！”

“我看到你们夺回了小镇……”斯特拉利乌斯边从雪貂背上下来边说。

奥尔多克拉西奥敲了敲木门，很快传来摇柄的声音。

“是的，总之一切都很顺利，不过，啊！”他突然喊道，因为他看到巫师后面有东西在动。

是龙猎人跟了上来。

“哦，不要怕，是我的一个朋友。我在拜访雪巨人的时候遇到了他……就在铁泉旁边。”

“雪巨人？我的天啊！别告诉我你遇到了他们！你成功打开水源了吗？”

“当然。”巫师疲惫地一笑。

“他是谁？”

“亲爱的奥尔多克拉西奥，我来为你介绍一位出身高贵、能力过人的精灵，一位高尚的战士。是他毁灭了邪妖的要塞，让你们的敌人为之惊骇。”

“邪妖的敌人就是我的朋友！”奥尔多克拉西奥高兴地说，向龙猎人伸出了手，“你会留下来帮我们吗？”

“是的。”他说。

“欢迎你！这就是凿子小镇现在的样子。来，我给你们弄点热的吃，你们跟我说说巨人的事情。”

“我对这里发生的事情很有兴趣，我的朋友。”

“哦，事情都在往最好的方面发展，至少目前是这样。我们使用了曾经设下的陷阱，我们的人也悄无声息，非常谨慎地取代了整个城镇原来驻守的邪妖。现在还没有响起任何警报，所以目前看来我们很安全。我们正在攻击运输铠甲来这里的秃鹰……你们跟我来，你们需要休息，两个都是！而且需要在你们的衣服外面加个好铠甲。”

斯特拉利乌斯和龙猎人两人欣慰地跟着奥尔多克拉西奥进了镇。

就在这时，城墙上有人大喊起来，天空出现了非常多的云。只见美岩城的上空腾起巨大的白色漩涡，把天空变成了暴风雨前的大海。云如同沸水一样翻涌着，城里传来了尖叫声。

舞毒蛾开始了它们的进攻。

“看来我们没法休息了，先生们！”龙猎人说。

莫儿愤怒地朝天空咆哮了一声，俯下身去。

第十一章　火焰和木头

翁布罗若从半空摔了下去。他闭上眼睛，准备听天由命。突然一双手臂稳稳地托住了他，把他温柔地放到了地上。

他困惑地睁开眼睛看是谁救了他，但除了头顶上巨大的杉树，没有看到任何人。

“起来，快跑，跟上你的朋友们！”一个不知道从哪里传来的声音说，“你的时间很紧！别忘了，跟随你的星星！”

“这是怎么回事？”这时候莱古路斯边喊边跑了过来。

那个陌生的声音消失了，翁布罗若甩了甩头，以为自己做了个梦。

“我不知道，我有点头晕。”他喃喃地说，莱古路斯伸出手臂搂住了他的腰，帮他站了起来。

忽然，莱古路斯感觉手上湿湿的，停下来一看，手上竟然全是血。他看了看翁布罗若苍白的脸，紫色的嘴唇，粘在额头上的头发，终于明白了。他的眼里充满了痛苦。

“快，我们最好先离开这里。”他只匆匆说道。

翁布罗若跟着他进入了板门，让他像带个孩子一样带着自己沿着密道往前走，血一路滴落在石头上。

“你可以坚持到城门吗？”走上街道前莱古路斯问。

“我必须坚持到那里。”翁布罗若说，试图挤出一个微笑。

“是，你必须坚持。不然我妹妹会掐死我，不给我任何机会解释。”莱古路斯嘟哝道，一边帮翁布罗若从密道另一头的板门爬上地面。

城市里战斗正酣。到处都是叫喊声，兵器的“锵锵”声和弹弓子弹的“嗖嗖”声。黑色的烟柱在燃烧着的美岩城城塔上升了起来。几个小时之前浓重的雾气已经被风吹散，残留在空气中的烟灰让人难以呼吸。邪妖的尸体和勇敢的矮人的尸体分散在城市的每一个角落。少年们趁着城里一片混乱，在岩盐路上飞快奔跑，必要时蹲在黑暗的角落里躲避一下。就这样，他们终于来到了佛尔贾萨路，莱古路斯突然发现了一个邪妖，立刻用他之前在大长老家捡的那个铁手套解决了他。

“你受伤了！让我看看。”丝碧卡抓住翁布罗若的一只胳膊说，写满担心的眼睛看着他。

“他受伤了，没错。”莱古路斯气喘吁吁地说。

“冷血的刀是带有魔法的，是吗？”一旁的法维拉说，深邃的目光看着翁布罗若。

翁布罗若急促地呼吸着，试图让头脑清醒过来。

“应该是。他想在不杀死我的情况下拿到我的剑。”翁布罗若说，他眼前的一切似乎都在转圈。“至少一段时间内不能杀死我。”

法维拉点点头叹了口气。“他想在你无力阻止他的时候拿走那把剑，但你现在还活着。”“你也帮不上什么忙吗？”莱古路斯问。“我懂的魔法不多，如果我不知道我面对的是什么魔法，我的知识也不管用。”法维拉难过地说。

“那就得找斯特拉利乌斯帮忙了。”莱古路斯斩钉截铁地说。他朝城门外看了看，命令道：“我们走，这条路上现在没有敌人。”

大家飞快地通过了最后一段路，来到了美岩城的正门前。他们急匆匆地穿过了门，这时候，其他的道路上和房子里矮人们和邪妖的战斗还在进行着。

“快走开！离开这里！”突然一个熟悉的声音喊道。是阿达玛斯，他朝他们跑了过来，但他不是一个人，一群邪妖紧紧跟着他。

丝碧卡举起了弓。阿达玛斯跑到了她身后，丝碧卡射出了箭。一支、两支，命中了邪妖。

突然罗比尼娅大喊起来，但丝碧卡听到的时候已经晚了。

无数舞毒蛾从天空中冲了下来，蛾群像一个漩涡一样把丝碧卡围在中间，小小的翅膀在她周围颤动，把她抬了起来。罗比尼娅和莱古路斯的箭“嗖嗖嗖”射了出去，但是一点用都没有，丝碧卡搞不清楚哪里是天哪里是地，她挣扎着想逃开，但舞毒蛾如同潮水般紧紧地包裹着她，几乎让她不能呼吸。

翁布罗若大喊起来，突然在他身后传来一声雪貂的低吼声。

舞毒蛾的漩涡越升越高，突然之间，一条绿色的火舌扑向空中，点着了那堆飞舞的蛾子。舞毒蛾们扭动着身体，如同碎纸片一样颤抖着，被烧成了灰烬。

丝碧卡尖叫着摔了下来，掉到石头路上。

莱古路斯跑过去扶起她，小火柴在远处关切地看着。

“丝碧卡，丝碧卡！”莱古路斯蹲在她面前喊着。

丝碧卡认出了哥哥的声音，一下搂住了他的脖子，紧紧地抱着他。

“已经没事了，现在。”莱古路斯安慰道。

这时候翁布罗若终于感到自己能够再次呼吸了，他想起了刚刚背后传来的雪貂的声音。他转过身，不是莫儿，这只雪貂的脸上有一条玫瑰色的伤疤，眼睛也更小一点。

雪貂背上坐的是伽蕾娜，她担心地望了望天空，喊道：“快，我们必须尽快离开！”

“我的石头啊，我还以为你们来不及在邪妖的军团到达前赶到这里呢！”阿达玛斯匆匆说。

“军团？”罗比尼娅嘶哑着嗓子问。

小火柴跳到她身上，用粗糙的舌头舔着她的脸。

阿达玛斯点点头咬紧了牙。“他们给我们准备了一个惊喜，至少有三个邪妖军团埋伏在城外。我们对此一无所知！”

“发生了什么事情？那火是从哪来的？”这时候回过神来的丝碧卡抓住莱古路斯的胳膊问。

“是小火柴。”翁布罗若说。他的双腿开始打战了。

“看起来它是舞毒蛾的天敌！”伽蕾娜笑着说。

“没错，是吧，小英雄？”罗比尼娅温柔地抚摸着小火柴，小声地对它说。

“好吧，我也没想到它会这么有用。”莱古路斯笑着说，“但我们现在得离开了，我们需要斯特拉利乌斯！”

不远处传来一声爆炸，仿佛在提醒他们战斗还在继续。

“他到冰峰了吗？”丝碧卡焦急地问。

“我不知道。”阿达玛斯说。

“等一下，我们不能走着过去！”莱古路斯说。

“我不知道翁布罗若还能走多久，还有法维拉。”

阿达玛斯的脸色一变。“法维拉？”他看向那只鹅问道。

“没有时间做介绍了。”丝碧卡打断了他，“我来照顾她！”她说罢就把法维拉抱在了怀里。

“我们还有别的雪貂，加油，动起来！”阿达玛斯催促着大家，让翁布罗若坐到伽蕾娜的身后。“他被有毒的兵器伤了吗？”他问。

“法维拉说冷血的刀刃被施了魔法，但我们不知道是哪一种魔法！”莱古路斯说。

“我的石头啊！你们遇到了冷血？”阿达玛斯难以置信地问。

“我们杀了他。”丝碧卡点点头。

阿达玛斯差一点叫了出来，接着他摇了摇头说：“如果真的是魔法，那唯一的希望就是巫师！如果我们不快一点就赶不及到冰峰了。”

“可美岩城这里发生了什么？”罗比尼娅问。

“我们不得不放弃之前的计划。美岩城现在不是最先考虑的了，至少这一刻不是。”

“哦。”莱古路斯不再问。

“也就是说你们有第二套方案？”翁布罗若问，这时其他的雪貂出现了，大家两个一组分别骑上了雪貂。阿达玛斯和伽蕾娜一起，带上了小火柴；莱古路斯和翁布罗若一起；丝碧卡和罗比尼娅，带着法维拉一起。

“当然了，年轻人。”阿达玛斯说，稳稳地抓起了缰绳。“我们是矮人。我们总有第二套方案！你坐得稳吗？”他问翁布罗若，翁布罗若咬咬牙点了点头。

大家互相交换了一个担心的眼神，出发了。他们组成一路纵队在白茫茫的雪山之间行进，夜晚无情地降临了。美岩城仿佛一顶燃烧的皇冠，消失在绵延的群山后面。过了一个山头，又是另一座山头。天开始下雪，所幸这一次雪下得并不大，但寒冷却丝毫没有减少。

小火柴不时朝天空喷出一条绿色的火焰，便有一堆舞毒蛾消失在火焰中。

第十一章　火焰和木头

莱古路斯扶着坐在他前面的翁布罗若。他很担心。他身侧的伤口不再流血了，或许这不是一个好兆头，魔法造成的伤应该比普通的伤要危险得多。莱古路斯想象不出如果翁布罗若死了会发生什么事。他甚至不敢去想这个可能性。

于是他用脚轻轻踢了一下雪貂，雪貂叫了一声，快步超过了丝碧卡和罗比尼娅，跟上了阿达玛斯和伽蕾娜。

“还有多久？”莱古路斯问。

阿达玛斯看了他一眼，便明白他这么问的原因了。

“大概一个小时。”他面色凝重地说。

“我能坚持，不用为我担心。”翁布罗若说，试图把背挺直。

小火柴嘟哝了一声，似乎表示不同意。

“一切都好吗？”在他们身后的罗比尼娅问。

“还好。只有一个小时就到了。”莱古路斯说，尽量掩饰他语气中的担忧。

可当他看到丝碧卡的时候就知道她也在担心。翁布罗若的眼睛里闪着奇怪的光，深邃而平静。

那光吓到了他们。

“坚持住，兄弟。我可不想让你就这么死了！”他朝翁布罗若的耳朵低语道。

翁布罗若皱了皱眉头，努力有规律地呼吸。但他感到自己非常虚弱，每一次呼吸他都觉得伤口好像扩大了，消耗了他许多力气。

他听到莱古路斯在说话，丝碧卡和罗比尼娅在背后耳语，但好像离得很远，远到每次他想听明白他们在说什么，那声音都变成了咝咝声，消失不见了。

翁布罗若抬起眼睛，看向天空。空中是红色和黑色的条纹，燃烧的美岩城的火光微微映射在天空上，照亮了前路。他闭上眼睛，当他再次睁开眼时，另一道光出现了，一道更美的光，充满了热量和生命的光。那是一颗小星星，周围有一圈金色的光晕。它是如此美丽，翁布罗若想伸手抚摸它，当然他够不着。他低低呻吟了一声，想起了他在奈维娜的白杉的怀中听到的话：“跟随你的星星。”这句耳语在耳畔重新响起的时候，他向前倒了下去，陷入了一个黑色的漩涡。

“不！他怎么了？”丝碧卡喊道。“停下来，莱古路斯！”

莱古路斯立刻停下来，用手托住了翁布罗若沉重的身体，他似乎已经死了。“我们现在不能停下！”

“他坚持不住了！你没看到吗？”丝碧卡大喊。就算可能有人听到，她也不管了。

“没错！我们必须尽快到达冰峰！他流了太多血，他需要帮助！”莱古路斯反驳道。

“我们看看‘毒药’，或许能知道发生了什么事。”罗比尼娅说。

莱古路斯从剑鞘中抽出“毒药”，剑身暗淡无光，已经失去了毒液的绿光。

大家都沉默了。

命运之剑的心不再是金属了，它正在变成木头！

“你们不要动！”突然阿达玛斯说。他的眼睛看着身后黑暗的路，黑暗中传来一声低吼，有什么东西

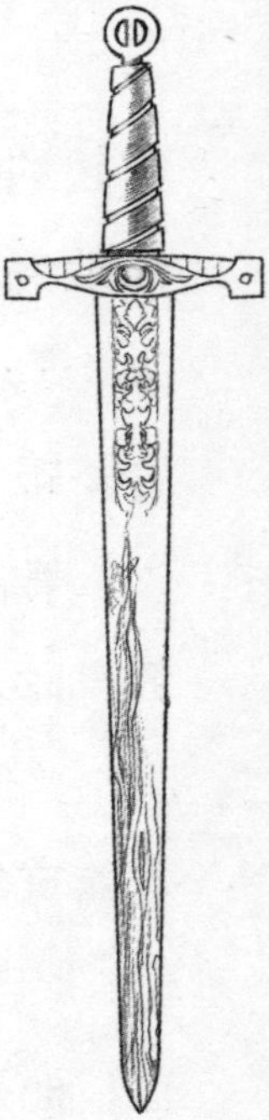

或者什么人在靠近。

丝碧卡把手放到弓上，这时一个模糊的身影从岩石后面闪了出来。她立刻就明白了来人是谁，不禁大喊道：

“斯特拉利乌斯！”

丝碧卡认出了巫师长长的魔杖，魔杖伸出来在前方照路，同时也隐藏了巫师的身体。只有知道眼前的东西是什么，并且透过这面盾牌看到后面的人，才能发现他。

丝碧卡已经学会了这一点。

她顾不上厚厚的积雪和身体的疲惫，朝斯特拉利乌斯跑去。“快点！翁布罗若情况很糟，求你救救他！”

“他怎么了？”巫师现身了。

“或许你能帮他！”莱古路斯和罗比尼娅舒了口

气，“他被一把带有魔法的刀刺伤了。”斯特拉利乌斯从雪貂背上跳下，像鹰一样飞快地冲了过去，他的风帽滑到了脸庞。他来到卧倒在路上的翁布罗若身边，摸了摸他的额头。情况不容乐观。

背后又出现了一个人，吓了丝碧卡一跳，她才意识到和斯特拉利乌斯一起的还有一个人。

是一个高高的精灵，宽阔的肩膀藏在长袍下面。小火柴朝他吼了几声，便躲进了罗比尼娅的怀里。那

个陌生人在后面站着，从风帽下面观察着翁布罗若，好像被眼前的一幕吓到了。

最后他动了，朝巫师走去。

斯特拉利乌斯已经发现了翁布罗若的伤口。

“是木血之术。”他喃喃道。转头看了一眼法维拉，眉头皱了起来。

“什么是木血之术？”莱古路斯问，心提到了嗓子眼。

他看看翁布罗若，翁布罗若已经失去意识了。眼前的景象让莱古路斯难以置信：在伤口周围的皮肤似乎变得很奇怪，伤口本身像是流动的火焰，慢慢地灼烧着，把肉变成了木头。

“这个魔法能让翁布罗若活着，但不能动。这样冷血就可以拿到他的剑而不杀死他。”丝碧卡终于明白了敌人的目的，她心中充满了愤怒和无助。“你能帮帮他吗？”她问巫师，几乎已经发不出声音了。

“他不能，但我可以。”那个陌生人突然说，从行囊中拿出一个水晶瓶。他用牙齿咬开塞子，把大手

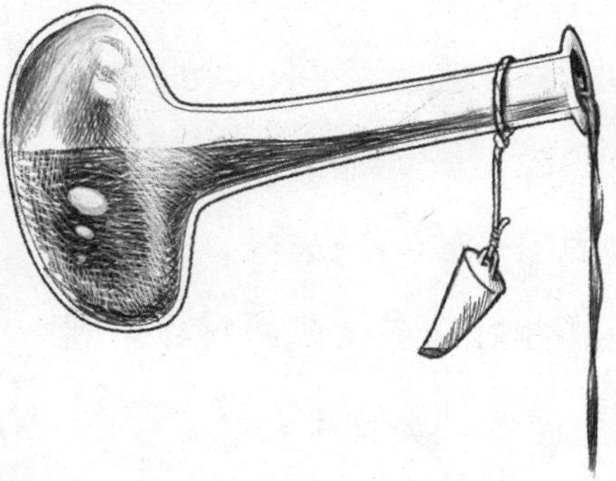

放在翁布罗若的眼睛上，说："对不起，这会很痛，孩子，但能让你回到我们中间。"

接着，他毫不犹豫地把瓶里的液体倒在了翁布罗若的伤口上。

翁布罗若不再感到伤口的疼痛。即使躺在雪地上他也感觉不到寒冷，至少不像之前那样冷。

他的心跳仿佛很远很微弱，几乎感觉不到。

他听到了说话的声音，紧闭的眼睛能感觉到光，接着眼皮上传来一股奇怪的热量。他试图动一动身体，但很快意识到他不再是自己身体的主人。

一个熟悉的声音说："这会很痛，孩子，但能让你回到我们中间。"

他记得这个声音，记得这个声音的主人那双眼睛，他看到了龙猎人消瘦的脸。突然之间，冷血的刀刃好像再一次捅进了他的伤口，一切都消失在一阵剧痛之中。闭上眼睛，他感觉到了耀眼的火光，最后，一道明亮的白光把他包围。他好像被太阳吞没了，接着重新被扔了出来，扔到了原来的雪地上。

他大喊一声，声音消失在了寂静的黑夜之中。此时他额头上的星星像火焰一样发出光来。

第十二章　鹅、巫师和猎人

翁布罗若不知道发生了什么，一时间他没有辨别出那些声音。接着，在半眯的眼缝中，他看到了丝碧卡美丽的脸，她的眼里充满了恐惧，接着他听到她说：“你觉得怎么样？”

他试着动了动嘴唇，但发不出声音来。他眨了眨眼睛，最后终于勉强说出话来：“我们在哪儿？发生了什么事？”

“我们在冰峰。你之前状况很糟，因为那个伤口。”丝碧卡说完，轻松地笑了。

“事实上，”莱古路斯走了过来，“你当时正要变成一块木头。”

“一块木头？”翁布罗若疑惑地问。

“你中了木血之术。”法维拉说，抬起长长的脖子看着恢复中的翁布罗若。

翁布罗若摸了摸伤口，打了个寒战。

“如果不是那个奇怪的家伙，我们都不知道该怎么办。”罗比尼娅说。

翁布罗若皱起眉头，努力回忆起来。

“龙猎人？”他终于问，脸色严肃起来，想起了那个打破黑暗的声音。

“这么说你当时没有失去意识！”莱古路斯说。“看到你的剑变成木头的时候，你知道我们有多担心吗？”

翁布罗若看了看周围。这里是一个帐篷，他躺在一张铺着兽皮的床上，壁炉里燃着一堆小小的火。“龙猎人怎么会在这里？斯特拉利乌斯呢？他来了吗？”他问。

“一个个来，第一个问题，我怎么会知道。第二个问题，是的，他来了。龙猎人跟他一起来的。”莱古路斯回答。

“事实上这两个人似乎认识很久了。”罗比尼娅说，然后指着小火柴说：“但它还是不喜欢龙猎人。”

小火柴喷了喷鼻子，又用爪子挠了挠耳朵。

“这很正常，我们在森林王国第一次遇到龙猎人的时候，他正把小火柴往笼子里关。”莱古路斯说

“虽然如此，但斯特拉利乌斯似乎很信任他。现在他们在和矮人们交谈。刚刚从城里传来消息，他们准备加入战斗。”丝碧卡说。

翁布罗若想坐起来，但他的头很晕。

“你想做什么？”罗比尼娅责备道。

“我想起来。我已经没事了，他们需要我们的帮助。”翁布罗若说，终于勉强坐了起来。

“你太虚弱了。”法维拉说。

“没错，孩子！”这时候斯特拉利乌斯的声音传来，只见他弓下身子进入了帐篷。火光照亮了他脸上的笑容。

“你做得已经够多了。”

翁布罗若皱起眉头：“可是……”“没有可是，

现在轮到我们来阻止邪妖，帮助矮人了！”

“说得对！”罗比尼娅说，“现在到我们了。”

“我的星星呀！‘我们’不是说和你，小姑娘！”巫师反驳道。

“可是……”丝碧卡表示抗议。

“也不是你们中的其他人。”

帐篷里一下子安静了下来。巫师看着孩子们的眼睛，对他们说：“矮人们很有组织性，但是他们必须尽快重新计划，他们没料到有那么多邪妖。他们会把邪妖吸引到灰原，接着他们会在埋伏好的地方，吹响雪崩号角：雪会从山峰上崩塌下来，淹没敌人的号角永远是美岩城最后的武器。雪山会提供最好的帮助。”

“哦。”

“我留在这里，和龙猎人一起帮助矮人。你们的使命很重要，决不能耽搁。你们必须继续前进，用最快速度到达被遗忘的魔法门。现在魔法门的钥匙已经在你们手里，你们要找出到达女巫王国的方法以及毁灭权杖的方法。我们迟些时候再见。”

“我们在魔法门的另一边等你。”丝碧卡说。

“不，那样不安全。你们必须继续赶路，必须关闭魔法门，就像不会再有人会用到一样。关闭它！如果走运，我们能在你们穿过魔法门之前会合。否则的话，我会找到跟随你们的方法，不要害怕。”

大家对巫师的胸有成竹感到不解，翁布罗若没有反驳，尽管他心中一开始就有的不祥预感此时变得更加强烈了。

“你知道魔法门通往哪个国家吗？”他问。

“不太确定，但我猜测可能是古老的侏儒王国，现在已经是食人怪的王国了。”他看了一眼鹅，沉

默了。

鹅缩在火堆旁，久久地盯着斯特拉利乌斯，低下了眼睛，似乎在想什么。最后她说："好吧，可能已经到了告诉你们我的故事的时候了。我是……总之，我曾经是侏儒王国的一员。但现在我都不知道自己是什么。"

"我发现你们也能听懂鹅的话。"斯特拉利乌斯打断了她，看着孩子们道。

翁布罗若点点头："我认为吉内普罗预言中的鹅指的就是她。我们从一面镜子中看到了她真正的样子，之后就能够听懂她的话了。"巫师转向法维拉。"你是怎么来到这里的？又怎么变成了这样？我们还有时间谈谈，如果你知道侏儒王国的事情，或许还能够帮到我们。"

法维拉低下了眼睛，她犹豫了一下，最后点了点头。

"其实没有什么好说的。那里是我父母的王国，之后被女巫征服了，食人怪涌入了那里，我的父母仓促出逃，但还是被抓住了。父亲被杀死了，母亲成了奴隶，刚到女巫王国的时候她生下了我，之后也过世了。我知道他们通过了一个叫魔镜的通道，那里是由奇怪的水和泥组成的。”她咬着牙，试图隐藏回忆带来的痛苦。

“也就是说，从食人怪的王国有路直接通往黑女王的王国！”斯特拉利乌斯说。

“是的。至少有三个这样的魔镜通往那里。我就是通过其中的一个逃出来的。”“你怎么会魔法？从哪里学来的？”翁布罗若问。法维拉低下了头说：“我学习魔法是为了生存下去。我以前在黑女王的宫殿做仆从，我在那里长大。魔法是我逃离那个可怕地方的唯一方法，我决定学习它，为我所用。”她愤怒地说：“如果没有黑女王的允许，没有人能够通过女

巫王国的国界，否则只会白白牺牲性命！所以我学了自己能够学的所有东西，我偷看了宫殿里女巫的书籍和笔记，学会使用她们的药水，偷来需要用到的原料。”“你最终成功逃了出来。”翁布罗若说。

“是的，我来到了食人怪王国。但我没有办法保持我原来的样子。阻止人离开女巫王国的魔法没有杀死我，而是把我变成了一只鹅。那时候我并没有在意，因为我自信能够拯救我的人民。可是在我看到我的祖先曾经生活过的土地时，我明白一切已经没有希望了。所以我打算逃跑。我差一点被食人怪抓住，变成宴会上的食物。但我没有放弃，我逃跑了，找到了魔法门！我藏在一辆前往矮人王国的货车里，你们没法想象当我来到这里看到矮人王国也已经沦陷，并且没有人听懂我说的话时，那种无助的心情！对他们来说，我只会呱呱乱叫。”一滴愤怒的眼泪从她的眼睛流到了嘴边。

小火柴嘟哝了一声，所有人都一动不动地听着。

“但激励我继续逃亡的是我的幻象。其实在遇到你们之前，我已经看到过你们，在我的脑海里和心里。我知道有一个英雄存在，他能够打败我们的敌人。”法维拉转过头看着翁布罗若。“所以当我看见你杀死空心骑士的时候，翁布罗若，我知道那个英雄就在我的面前！希望又重新回到了我的心里。”

翁布罗若张大了嘴巴，结结巴巴不知说什么好，斯特拉利乌斯打断了他，对鹅说：“如果你在黑女王的宫殿待过，应该见过权杖。”

“我看见她挥动过一根奇怪的魔杖。”法维拉回答，“如果你说的是那个的话。那根棍子的顶端有一个金属球，发出微弱的、让人觉得很冷的光，她用那根棍子要了我们很多人的命。”

巫师点点头说：“那么你了解黑暗王国？”

“了解到足以让我只想逃，逃得越远越好！”

“但如果你真的想解放那些消失的王国，你终于可以做点事情了。法维拉，你可以帮我们！你比任何人都有用！”翁布罗若说。

斯特拉利乌斯和他交换了一个眼神，点了点头。

法维拉用惊讶的大眼睛看着他。

“带我们去女巫王国！”翁布罗若继续说，“我们需要一个熟悉那里的人。我希望你回到你曾逃离的地方，帮助我们毁掉黑女王的权杖。”

法维拉的眼睛里充满了恐惧。“哦，不，你们不能要我这么做！”她哭了起来。

“这是解放那些消失的王国的唯一方法。”丝碧卡说。

这时候一阵轻轻的脚步声传了过来，有人往帐篷里探出了头。小火柴叫了一声，罗比尼娅制止了它。

“巫师！”是龙猎人低沉的声音。“哨兵报告了最新的动态，如果我们要行动就得尽快！”他像煤炭一样黑的眼睛停在翁布罗若身上一会儿，然后他的脸便消失在帐篷外。

斯特拉利乌斯转向翁布罗若，担心地说：“没有多少时间了。你能做到吗，孩子？我知道你很虚弱，可是……”“我能做到。”翁布罗若点点头。

“你呢？跟我们一起吗？”他问法维拉。

“是的，到了那边我能帮上忙。”她说。

“那么，很好。你们必须步行经过黑暗之路，到达被遗忘的魔法门。现在你们已经有了钥匙，不再需要别的东西了。”

“你呢？”丝碧卡问，“你和猎人准备做什么？”

“我们要去矿井。如果要解放被关押在那里的矮人的话，我们必须要尽快行动，要赶在雪崩号角吹响之前把那里的矮人都放出来，不然雪崩会埋葬所有人。现在你们走吧。”

翁布罗若用目光搜寻着他的剑，却看见剑的旁边还放着一件东西。

“那是什么？”他问。

“一件铁盔甲，和龙猎人的一样。”丝碧卡说着朝他走来。

“不是和他的一样，这就是他的那件。”斯特拉利乌斯说，“穿上它，翁布罗若，它能保护你，这样的铠甲世上没有第二件！能比任何铠甲更能保护你。”说罢他便走了出去。

大家目送巫师离开了帐篷，互相交换了一个眼神。

“那这个怎么办？”莱古路斯嘟哝。

丝碧卡皱起眉头，伸出手碰了碰铠甲。只见深蓝色的它发出彩虹色的光芒。有些地方受损了，但还是能看出制造的技艺非常精湛。

“为什么那个家伙要把他的铠甲给你？”罗比尼娅问。

“我不知道。”翁布罗若回答，“如果斯特拉利乌斯觉得没问题，那就没问题。”

于是他走了过去，举起铠甲，准备穿上。

铠甲比他想象得更轻，虽然对他来说大了一点，但穿上后能感到更加安全也更有力量了。

他把“毒药”别在腰间，叹了口气。

第十三章　再次分别

迅速吃过早餐后，翁布罗若走出了帐篷，沉浸在自己的思绪里。他本应该感到害怕，然而相反的是，他现在却感到比之前更加有力量。

太阳将要升起，即将到来的一天将是漫长而危险的。天空是灰色的，但已经开始明亮起来了。看起来舞毒蛾已经停止了进攻。

这时他看到了龙猎人的身影，他的脸立刻沉了下来，朝他走去。

“我应该谢谢你。”他来到龙猎人的身后说。

龙猎人没有转身，只是说：“希望仙女的药水没有浪费。这是我最后一瓶了。”

翁布罗若怔住了。“你没有义务救我的命，也没有义务把你的铠甲送给我。”

“我知道。但我也知道你用那把剑证明了自己，巫师说你命中注定要做伟大的事情。”翁布罗若低下了头。“我不觉得战斗和杀戮是伟大的事情。”他痛苦地说。

猎人飞快地扫了他一眼：“战斗和杀戮不是伟大的事情，保护和捍卫才是。”

翁布罗若看着他，试图揣摩他的话中隐藏的情感。在这双忧郁但坚毅的眼睛深处似乎充满了关于战争、磨难和希望的回忆。“为什么你决定帮我？因为认识斯特拉利乌斯吗？”他终于问。

“因为我认识那把剑。”他回答，手指着“毒药”。“我知道只有这把剑的主人的儿子才能将它握在手中。”

翁布罗若怔住了。“你到底是谁？你认识我的父亲？”

龙猎人移开了目光。“我从年轻的时候就认识他了。我们都是在骑士岛上长大的，那里几个世纪以来就是训练玫瑰骑士的地方。但当骑士岛被黑女王毁灭的时候，我们俩不得不逃跑。他在森林王国找到了另一个家，还有了一个孩子，继承了他的血脉，因为这个，我认为自己有责任帮助你。你长得非常像他，只有头发和眼睛的颜色是遗传了你妈妈。而且，你已经拥有了他的剑。这是最后一把存于世间的命运之剑，通过它你也继承了剑上所背负的责任。”

“你刚才说的骑士岛，我从来没有听过。到底发生了什么事？我父亲是个什么样的人？为什么他有命运之剑，而你没有？”

“我的剑在很久之前就遗失了。这么多年来我一直试图帮助森林精灵，但现在我要去找女巫们算账，她们将我的人民变成了石头，杀死了这么多无辜的生灵，因为这个我才在这里。”

翁布罗若什么都没有说，龙猎人冷笑了一声。

“我们是玫瑰骑士。我和你的父亲，曾经在仙女的帮助下骑着龙守卫着幻想王国各个和平安宁的属国。但我们失败了。在女巫来犯的时候，我们不能保护自己的世界不受侵略，现在这个世界正在死去。”

“我们得走了！”这时阿达玛斯走了过来，打断了他。

龙猎人点点头，转向翁布罗若，将一只手放在他的肩膀上，用似乎能看透他内心的眼神盯着他，说：“不要对黑女王说出你真正的名字。如果她知道了你的名字立刻会明白你是谁。不能让她知道这个世界上还有玫瑰骑士，尽你最大努力保守这个秘密！这能救你的命。现在走吧，该出发了。”

说罢他转过身，跳到了一只雪貂的背上。

阿达玛斯朝翁布罗若伸出手：“该道别了。祝你好运，朋友！”

“你们也是。”翁布罗若回答。

“他跟你说了什么？”这时莱古路斯走了过来，问道。

“说他认识我爸爸。”翁布罗若回答。

“哦，你信吗？”

翁布罗若耸了耸肩。他看到斯特拉利乌斯骑上了一只雪貂，飞快地跟上了阿达玛斯和龙猎人。巫师转过身担心地对他们说：“你们要尽快通过黑暗之路，那里发生过很多怪事。”

“我们没有向导，怎么才能到达那里？”法维拉问，“没有人认识山里面的路。”

“我们有仙女女王弗洛莉迪娅娜的罗盘，它会指引我们正确的方向。”丝碧卡说。

翁布罗若叹了口气。“他说的怪事会是什么呢？”

“有人说那里有很恐怖的东西，连女巫的同伙也害怕。”猎人说。

少年们惊愕地看着他。

“我们该走了，巫师。”

“是的，出发吧。”斯特拉利乌斯说。接着，他又朝少年们叮嘱了几句：“你们要小心。最后一个穿过魔法门的人要关上它。如果有必要，永远地关上它。”说罢他挥手告别：“我们还会再见的，别担心。祝你们好运！”

翁布罗若点点头，挥手告别已经远去的他们。他甚至没有问龙猎人他的名字是什么。他困惑地转过了身去，看见了丝碧卡和罗比尼娅的目光，于是大声说道：“我们走！”

少年们看了灰原最后一眼，启程了。

第十四章　黑暗之路

在罗盘的帮助下，少年们轻松地找到了通往被遗忘的魔法门的路，进入了矮人们口中的希望之山。之所以叫希望之山，是因为山的颜色是深绿色的。

几个小时后，眼前的道路被阻断了。曾经通往魔法门的道路是宽阔易行的，但现在塌方阻断了道路，只有在被雪覆盖了一半的岩石之间有一条窄窄的石缝，就算是邪妖们也绝不敢从这里经过。翁布罗若看了一下那石缝，转过身看了看其他人。

他们看起来也和他一样被吓到了。没有人说话。只有小火柴发出不高兴的喷气声。罗比尼娅摸着它头上的羽毛想让它平静下来。

风把乌云往山这边刮来，经过石缝的时候变成了恐怖的号叫声，好像岩石活了一样。

“我的星星啊！”莱古路斯身上起了一层鸡皮疙瘩。

小火柴用抱怨的叫声回应着石缝中的风声。

“这个地方我一点儿也不喜欢。”罗比尼娅打着寒战说。

翁布罗若靠近石缝，石缝看起来仿佛随时要把他吞没。法维拉迈着小碎步走了过来，又向前走了几步，在空气中嗅了嗅。

“这里被施过魔法吗？”翁布罗若问。

“没有，只是石头和冰。”鹅平静地摇摇头。

“那么我们走吧。”翁布罗若说，“不能再浪费时间了。”

他靠着狭窄通道两侧伸出来的尖牙似的不规则的石头，走了进去，此时他的心底再次出现不安的预感，翁布罗若没有理会。

少年们一个接一个在高耸的岩壁之间前进，往上看，天好像很远。每一次风吹进来，都让他们直打寒战。

第十四章　黑暗之路

法维拉蹦跳着往前走去，上坡的时候需要翅膀的帮助，但她不时停下来回头看，好像心中充满疑问。

翁布罗若在她后面安静地走着，脸上露出疲惫担忧的神色。

丝碧卡心里很害怕，但同时这一路石头上的雕刻吸引了她。一开始，被风化的不规则石头组成的岩壁是光滑的，还带着绿色和黑色的条纹；接着，这些条纹非常奇怪地弯曲起来，有时候看起来像人的身体和脸。

“看，那是什么？”丝碧卡小声对身后的莱古路斯说。

岩石上面雕刻着奇怪又可怕的人形。

“不知道。”莱古路斯说，“但看着让人

很不舒服。”“好像是什么东西被囚禁在里头。”罗比尼娅小声说。

“不，只是石头的纹理罢了。”

“你们看！”突然翁布罗若打断了他们。

少年们抬起眼睛，他们前面的路突然变宽了，出现了一个到处都是奇怪的石头雕像的迷宫。

“我的星星啊！”莱古路斯喊道。

“这是什么地方？”丝碧卡问。

“我也不知道。如果这些真的是雕像，说实话我一点也不想认识它们的创作者。”罗比尼娅看着周围，脸上的表情既惊愕又害怕。

“那个，”莱古路斯打断她，“你们看到魔法门了没？”

“还没 。”翁布罗若回答。

法维拉小心翼翼地低下嘴巴。“我一点也不喜欢这条路。”她说。

翁布罗若点点头。“没错，我跟你一样。可我们必须从这里经过。来吧。”他看了一眼罗盘说道。

第十四章　黑暗之路

少年们走进了一条在奇怪的巨石之间蜿蜒的小路，心跳得越来越快。

“停！”突然翁布罗若命令道，他的语气吓得大家都不敢动。

一阵刺骨的寒风吹过，他们身后有什么东西嘎吱嘎吱动了起来。

“发生了什么事？”丝碧卡颤抖的声音问。

“什么东西倒了。”莱古路斯说。

但翁布罗若手中颤动的“毒药”告诉他不是这样。丝碧卡看到他挺直了身子，吞了吞口水。

“你看到什么了吗？”丝碧卡握紧了弓。

翁布罗若观察着石头，仿佛在等待敌人出现。

“我们先离开这里，最好这样。”他说。

法维拉、罗比尼娅、莱古路斯，最后是丝碧卡，依次走到了他前面，翁布罗若用眼睛打量着黑色的岩石。尽管很不安，他想，只不过是石头用不同寻常的方式被堆积并放置起来，用更不同寻常的方式被风化。可能他想错了，它们仅仅是石头而已。

他刚刚坚定了这个想法，视线的边缘有什么东西动了一下。

“小心！”

他一把把丝碧卡拉回来，一根锋利的石刃擦过了莱古路斯的右耳，擦伤了他的颧骨，刺入了丝碧卡刚刚所在之处的石壁上。

“啊！”罗比尼娅大喊一声，往后一跳，另一根石刃刺入了她的长袍，逼得她靠在石壁上没法动弹。高处突然出现一根根长长的石刃，好像岩石在滴血。

“什么东西？”莱古路斯喊道。

“石头！”丝碧卡顺着翁布罗若的目光看去，突然指着一处石头大叫起来。

第十五章 岩魔

“石头！石头……活了！”丝碧卡大喊。

她嘶哑的声音回响着，仿佛是长长的警钟，但很快被罗比尼娅的另一声尖叫压下去了。

“快！离开这里！”翁布罗若命令道。

无数的石刃出现在空中，刺入了罗比尼娅身后的黑色石壁，她正拼命想把已经被牢牢钉在石壁上的斗篷扯下来。

莱古路斯用他的身体挡住罗比尼娅。一根石刃刺进了他的行囊，另一根则刺伤了他的肩膀，他发出一声呻吟。

“离开那里！”他试图拉开罗比尼娅，但她的斗篷好像变成了石头。岩壁上的石刃好像变成了长长的细丝，紧紧地缠上了斗篷。

“脱下来！”莱古路斯大喊。

但罗比尼娅的手指颤抖得太厉害，没法解开斗篷的扣子。莱古路斯赶紧用邪妖的手套去割斗篷，但斗篷只割开了一半，手套上的几根铁爪子已经被石头崩断了。

身后的翁布罗若咬紧了牙。突然他看清了眼前的一切：石头正在长出手和胳膊，准备攻击他们。

现在他看清他们了。

到处都是，这座山本身就是……他们时刻准备着进攻。翁布罗若拼命地推开莱古路斯，拔出“毒药”，向钉住罗比尼娅斗篷的石壁砍去。一声干涩的“喀喀”声后，斗篷断开了，罗比尼娅连忙朝其他人跑去，就在这时无数的石刀刺入了刚刚她所在的岩壁。

翁布罗若朝后一滚，躲在了一面黑色的扶壁后面，大口喘着气。等到这场刀雨的袭击过去，他正准备逃跑，另一场刀雨又袭来了，比之前数量还多。翁布罗若向后扑去，来到一堆石头后面，顺势滚到莱古路斯跟前。接着他用最快的速度站了起来，问道："还好吧？"

"还可以更好点儿。"莱古路斯一边说一边抽出了背上的石刀，扔掉了邪妖的手套，现在它已经完全没用了。

手套立刻被石头吞没了，变成了一块石头，就和他们来时看到的路边的石头一样。

"走！"翁布罗若一边喊一边离开了那里，并示意其他人跟上。"我觉得那些东西即使在石头里也能移动。"

"岩魔！它们应该叫这个……我听一个邪妖提过他们的名字，但我当时不知道他说的是什么。现在我知道为什么他们都那么害怕了。"法维拉说。

他们以最快速度往迷宫里面走去，石头不断地发出不祥的咯吱咯吱声。

一路上，新的手臂和脸的线条不断浮现在石壁上，一只只有力的大手从裸露的墙上伸出来，他们气喘吁吁地跑着，一刻也不敢放慢速度。突然，前方的

路一段段塌陷了，他们一个接一个地滑了下去，跟着罗盘所指的方向，滑到了大山的深处。

“我们确定要走这条路吗？”法维拉问，莱古路斯站了起来。

小火柴从他的背上钻出来，不高兴地嘟哝着什么，丝碧卡答道：“难道你怀疑弗洛莉迪娅娜？”

“我怀疑的是这个罗盘！你们看看它把我们带到了什么地方！”

“这是我们唯一的向导！”丝碧卡一边反驳，一边扶翁布罗若站起来。

翁布罗若咳嗽起来，示意她们不要争吵：“够了。既然有罗盘，我们就跟着罗盘的指示走。”

“好吧，至少看起来这下面没有岩魔。”莱古路斯说。

“但他们可能会跟上来。”法维拉小声说。

这时候他们已经来到了一个高高的石壁前，上面开了一个通道，比他们来的时候经过的那一条更窄。翁布罗若用困惑的目光看了看其他人，他们也困惑地看着他，翁布罗若吞了吞口水。

“来吧，我们走！”翁布罗若步履坚决地走了进去，尽管心中十分忐忑。路的另一边，一道非常强烈的光照亮了几个用粗糙的石头砌成的台阶。

翁布罗若吃力地从台阶上走了下去。他来到一块空地上，空地的四周都被高高的如同瞭望塔一样的巨石环绕着。在空地中央，两根石柱的中间是一扇门，门也是石头做的，在灰蒙蒙的天空下闪闪发光。

“我们到了！这就是被遗忘的魔法门。”翁布罗若说。

“终于到了！”丝碧卡喊道，看到眼前的景象，她的心情稍稍放松了一点。

然而就在这个时候，突然响起了一声岩石碎裂的声音，就像大山即将崩塌，向他们压下来一样，大地震动了。

“后退！”翁布罗若大叫道，拔出剑挡在了同伴们的前面。

又响起了轰隆隆的坍塌声，大家都被震得摇晃起来。地面上出现了一个巨大的石头做的身影。

接着是第二个，然后是第三个。

看着眼前凶神恶煞的巨大轮廓，大家都惊呆了，它们长着坚硬的岩石做的身体，长长的强有力的胳膊似乎一拳就能把任何东西打得粉碎。

第十五章　岩魔

“往魔法门那边跑！丝碧卡，你有钥匙！我掩护你们！”翁布罗若大喊，纵身跳到了岩魔面前。

他的话音刚落，就在莱古路斯的前面，另一个岩魔从地面上生了出来，挥舞起可怕的拳头，扑向了莱古路斯。重重的一记石拳击中了莱古路斯，莱古路斯像沙袋一样飞了出去，摔在地上。翁布罗若连忙赶来帮忙，一剑砍在了岩魔身上。岩魔回过头，咆哮着扑向了翁布罗若。翁布罗若连续避开了两次攻击，此时丝碧卡跑到莱古路斯身边来帮忙。

“快，跟我来！”丝碧卡一边催促一边扶莱古路斯站起来。

莱古路斯拖着身体朝魔法门跑去，翁布罗若挥舞着“毒药”砍向了岩魔。绿色的火花在空气中飞溅，“嘎嗒”一声，岩魔倒下了，变成了碎石头。翁布罗若鼓起勇气，跳到一旁，一剑刺入了第二个岩魔，这时第三个岩魔又向他逼来。翁布罗若后退两步，然而忽然之间，其他的岩魔纷纷从地面上生了出来，把他团团围住。而刚刚被杀死的岩魔又以出乎意料的速度重新站了起来，恢复了之前的巨大身形，似乎毫发无损，翁布罗若一时间不知道如何是好。

他绝望地咬紧了牙关。中计了。

此时罗比尼娅正焦急地想把钥匙插进魔法门正中的缝隙里去。丝碧卡大喊：“快！打开魔法门！”

接着她回过头，抓起一支箭，拉紧了弓弦。

只有一个岩魔跟过来，而其他的都围着翁布罗若。丝碧卡努力压制住内心的恐惧，朝着岩魔射出了一箭，击倒了它，接着又朝翁布罗若的方向连续放了两箭。

箭一离开弦就发生了改变，变成黏糊糊的黑色树脂。丝碧卡也不知道自己的脑子是怎么想的。她当时心中只有一个想法，就是阻止它们攻击翁布罗若。

立刻阻止。

箭飞了出去，击中了岩魔。树脂从石头缝隙中涌出，把石头粘到了一起，让它们无法动弹。

这时法维拉也明白了她的用意，举起翅膀，念起了多年前学过的一个咒语。黏糊糊的黑色蛛丝在岩魔的石头身体上蔓延开来。

翁布罗若抓住机会将“毒药”刺入了其中一个岩魔体内，接着跳出了包围圈，然而突然之间，一个岩魔抓住了他的脚踝，翁布罗若摔倒在地上。

翁布罗若听到了其他人的尖叫声，本能地做出反应。他挥舞起“毒药”，岩魔松开了抓住他的手。但他还没来得及逃开，一只巨大的石头做的手握住了“毒药”的剑身，“毒药”被紧紧地抓住了。

小火柴跳上前去帮翁布罗若，它想用嘴去咬，却被一拳打飞，跌到地上，滚到了丝碧卡脚边。

“快跑！”丝碧卡朝翁布罗若大喊，射出了她箭筒里的最后一支箭。岩魔被射中了，发出一声愤怒的呻吟。

可翁布罗若不能抛下“毒药”。他拼命一拉剑柄，将“毒药”抽了出来，握住“毒药”的大手变成了碎片。然而他没有避开另一个岩魔的袭击：一记重拳把他打得朝同伴们的方向滚了出去。翁布罗若甩甩头，让自己清醒过来。他已经筋疲力尽了，还没来得及站起来，另外两个岩魔已经从地面上生了出来。大山似乎不愿意投降，也不知疲倦。

“魔法门！打开魔法门！”翁布罗若一边后退一边大喊，他知道自己坚持不了多久了。

“我打不开！玛瑙放不进去！”罗比尼娅喊。

“让我来！”莱古路斯一边说，一边扔下手中的十字弓，面对岩魔它一点作用也没有。

丝碧卡想再射出一箭，却发现箭筒已经空了。

岩魔咆哮着，愤怒地扑向了她，翁布罗若突然看到了。他纵身一跃，一剑击中了离她最近的那个岩魔的脚，岩魔摔到了地上。丝碧卡连忙后退，撞到莱古路斯身上，刚好避开了重重摔下来的岩魔。

突然，一张黏黏的蜘蛛网挡在了他们的面前，仿佛一张胶做的盾牌，法维拉大喊：“快点！我支撑不了多久！”

就在这时候，正在把钥匙往魔法门的钥匙孔上摁的莱古路斯被丝碧卡一撞，全身的重量压了上去。

只听到一声干涩的“咔嗒”声……

第十五章 岩魔

……玛瑙被压进了树叶形状的钥匙孔里。

一道蓝色的光照亮了魔法门的周围，从门的缝隙中透出了耀眼的光芒。接着“咔嗒”一声，魔法门动了。

“注意右边！”丝碧卡朝翁布罗若大喊。

翁布罗若转过身准备迎接新的进攻，却被一拳重重地打在了腰间的尚未恢复的伤口上，摔倒在地，锋利如剪刀一样的石头划裂了他的衣服。尚可以移动的岩魔们趁此机会朝他扑了上来，这一次翁布罗若来不及躲开了。他仅仅来得及把“毒药”高高举在面前，仿佛它是一面盾牌。

丝碧卡瞪大了眼睛，害怕极了，下一刻翁布罗若就被大批的岩魔包围了。

丝碧卡大叫起来。

就在这个时候，一道奇怪的蓝光照亮了空地。

岩魔咆哮起来，法维拉释放出了新的魔法来帮助翁布罗若。

“魔法门打开了！快，你们到另一边去！”莱古路斯抓住丝碧卡的胳膊说。

“不！”丝碧卡大喊，想从莱古路斯的手中挣脱开来，她的眼睛一刻也没有离开把翁布罗若层层包围的岩魔。

但是她没能挣脱莱古路斯的手，莱古路斯用力一推，把她推到门内。丝碧卡想反抗，想大叫，但是她的声音似乎消失了。

法维拉的蜘蛛网缚住了岩魔，然而岩魔纷纷合在了一起，组成了一座巨大的石头山。

在穿过魔法门前，丝碧卡的眼睛最后看到的，是石头如同一座坟墓一样埋住了翁布罗若。

接着只剩下光，让人目盲的强光，寒冷，以及死水的味道。

第十六章　灰原之战

鲁提路斯和苏尔福让矮人们在灰原周围列开阵形。现在只需要等待。哨兵刚刚汇报，邪妖们离开了美岩城正在朝这边行进，在他们的头领冷血被杀后，这些邪妖们心中充满了对鲜血和复仇的渴望。领头的是一个空心骑士，还有一些邪妖们骑着还没有被击落的秃鹰从空中飞来。

黑色的云层下舞毒蛾在飞舞，随时准备着像饥饿的野兽一样俯冲下来。阿达玛斯和伽蕾娜负责对付秃鹰和舞毒蛾，他们是操作巨弩的好手。奥尔多克拉西奥则负责阻断敌人的一切退路，迫使他们只能往灰原方向前进，在那里矮人们已经做好了准备，一旦邪妖们的军队通过，他们就用石头制造塌方阻断回城的道路，把邪妖们困住。鲁提路斯和苏尔福使用弹弓在两个巨大的雪崩号角上从正面迎击敌人，号角是他们这段时间里做好的。

智慧是矮人们拥有的唯一武器，他们的人数比敌人的人数要少很多。他们正焦急等待斯特拉利乌斯和龙猎人带着从矿井解放出来的奴隶回来，在战斗中增援他们。

但现在，敌人已经过来了。

放哨的矮人们挥舞起了作为信号的红色手帕，其他岩石上的手帕也挥舞了起来。

奥尔蕾布兰达飞快来到苏尔福身边："他们到了最后一个拐弯处了！"

苏尔福点点头，咬紧了牙关。是时候了。

他们竖起耳朵。突然一阵干涩的"喀喀"声传来，通向灰原的道路震动起来，嘎嘎嗒嗒，轰隆隆……

苏尔福长满皱纹的脸上浮现出一个微笑，是塌方的声音，新下的雪让声音减弱了不少。

"我们来了。"

他起身加入了其他矮人的行列，做好射击准备。

“很好，奥尔多克拉西奥完成了他的任务，现在到我们行动了。”他的声音果断而坚决。

这时，敌人的先头部队已经经过了第一个拐弯处。

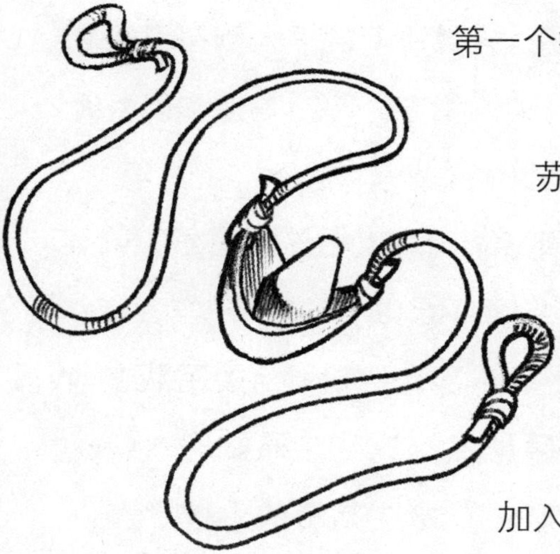

“为了矮人王国！”苏尔福大喊，拉动了已经装好子弹的弹弓。

奥尔蕾布兰达脸红红的，眼里写满焦虑，也拿上弹弓加入了他们。

“为了美岩城而战！”她喊道。

她正准备射击，一只秃鹰厉声尖叫着从空中俯冲了下来。

战争瞬间爆发了。到处都是呼喊声、尖叫声、铠甲破碎的声音，子弹像雨点一样朝邪妖们的军队飞去。秃鹰从空中袭击矮人，数不清的矮人倒在了秃鹰的利爪和鹰背上的邪妖们的箭下。阿达玛斯和伽蕾娜发动大弩，射击这些空中的敌人。

第一只秃鹰被射了下来，弩塔上响起一片欢呼声。

但是来自空中的危险并不是唯一的威胁。

空心骑士带领他经验丰富、行动灵活的军队在地面作战，他自己也勇猛地加入战斗。邪妖们很快从矮人的突袭中反应过来，开始往陡峭的山坡上爬。血腥的肉搏战开始了，两支军队短兵相接，混战越来越恐怖。

苏尔福刚杀掉一个正准备从背后偷袭奥尔蕾布兰达的邪妖，又转过身抵挡另一个邪妖的袭击，他怒吼一声，扑向邪妖。

“你这个老家伙活得挺久了！但还不够久！”邪

妖大喊。

“是吗？”苏尔福喊道，一拳打中了他，邪妖失去平衡。但他立刻闪到一边，趁机往苏尔福身上一扑，用铁爪刺中了他，接着像猛兽一样一口咬在他的腰部。

苏尔福大吼一声，用尽全力甩开了他。接着以迅雷不及掩耳之势飞快地操起匕首刺入了邪妖的身体，邪妖还来不及看清，就已经滚下了白雪皑皑的山坡，滚到了他的同伙脚边。

“你还好吗？”奥尔蕾布兰达问苏尔福，并没有停下发射子弹的手。

“好得很！”苏尔福说。

他看了一眼东边的山坡，发现鲁提路斯和他的人也遇到了麻烦。“这样下去我们没法成功！我们必须下去把他们往灰原那边赶！”

“你说得对。”奥尔蕾布兰达说，“我去告诉其他人！”

她朝信号旗跑去，这时一只秃鹰从空中俯冲下来，两只爪子差一点就抓住了她，但从巨弩上射出的长矛击中了它，那个巨大的怪物掉了下去，砸到了一群邪妖身上，沉到了雪下。

敌人的军队中响起了愤怒的号角。奥尔蕾布兰达发出了信号，但她没有停下来等待回应，便朝灰原跑去。

“你要去哪儿？”苏尔福叫住了她，他刚刚解决掉一个邪妖。

“那里需要支援。”她勇敢地回答。

“重建美岩城的事业更需要你。”苏尔福说，接着他转向其他年轻的矮人：“你们几个，跟我上！发动进攻！”他指着雪峰之间的灰原喊道。

说罢他带着绝望的怒火跳下了山坡。

泥巴在城里的战斗中被他的手下放了出来，他骑着一只秃鹰来到了灰原。那些该死的矮人比他想象的准备得更充分，他应该已经料到。但这不意味着他们已经胜利了。

阿达玛斯给巨弩装上一支长矛，发射。接着是第二支、第三支。他不会投降。决不。

坐在秃鹰背上的泥巴发现了他，像猎鹰一样瞄准了他，朝他冲了下来。

阿达玛斯大吼一声，转动巨弩，拉动杠杆，放出一支长矛，狠狠地击中了朝他扑来的秃鹰。

接着他跳起来，在雪地中打了个滚，以免被落下的秃鹰压到。泥巴从秃鹰背上摔了下来，但他并没有摔晕，他气急败坏地从鞍上下来，朝阿达玛斯扑了过去。他像一头愤怒的野兽一样，用铁爪刺入了阿达玛斯的后背，想置他于死地，但阿达玛斯的匕首也刺中了他，

他疼得摔倒在地上。气喘吁吁的两个人从沾满鲜血的雪地上站起来，准备继续你死我活的搏斗。

然而就在这时，一个可怕的声音传来，两人都吃了一惊。那声音仿佛是大山因为痛苦和愤怒发出的吼叫。

“你杀不了第二个人了，胆小鬼！”阿达玛斯喊道，趁着泥巴一时分心，他往前扑了去。

泥巴突然往边上一闪，一伸腿绊倒了他。

阿达玛斯摔倒在地，从冰面上滚了过去，撞到了死掉的秃鹰的利爪。

“闭嘴，废物！”泥巴居高临下地说，伸直了铁爪准备了结他。“现在我就让你看看邪妖是怎么杀人的！”

阿达玛斯用尽余力往边上一闪。

泥巴摔到了雪地里，从光滑的冰面上滑到了岩石的边缘，跌入了悬崖，嘴里愤怒地大喊着。

阿达玛斯擦干了脸上的血迹，仰面躺在雪地上，看着红灰相间的天空。

“你不能再杀第二个人了。”几乎不能呼吸的他说道，接着闭上了眼睛。

灰原的战斗还在热火朝天地进行着。长矛、剑、弹弓、盾、铁子弹乒乒乓乓地对抗着。矮人一个接一个倒下了，邪妖们也不得不后退，他们这时候才发现，要打败为自由而战、为家园而战、为家人而战的矮人并不简单。

在空心骑士的命令下，邪妖们朝灰原撤退，那里的地面更开阔，会更方便摆脱这些矮人。然而突然间，东边的岩石后面发出了红色的亮光。风吹来了大山可怕的怒吼，战斗的节奏慢了下来。就在这个时候，斯特拉利乌斯和猎人出现在了岩石后面。他们受伤了，筋疲力尽，但来的不仅仅是他们两个人。

在他们身后，一群瘦骨嶙峋的矮人披着破布，拿着简陋的武器，好像一条小河一样涌向了灰原，冲向了邪妖们。

龙猎人开始一个接一个干掉挡在他面前的敌人，斯特拉利乌斯一边前进一边施放魔法，用魔杖攻击。

在另一边的矮人们爆发出欢呼声："奴隶们自由了！"

斯特拉利乌斯远远看到一个邪妖扑倒了善良的老鲁提路斯。但他什么都做不了。

猎人救下了苏尔福，但很快意识到空心骑士在他身上留下了致命伤，他已经没有活下去的希望了。他转过身准备迎接空心骑士，明知道自己不可能打败他。不过有人已经先他一步了。

斯特拉利乌斯声如惊雷，魔法形成一阵猛烈的旋风，穿过灰原，裹住了骑士黑色的铠甲，消失了。斯特拉利乌斯此时已经筋疲力尽，他几乎用尽了全部力气来对付空心骑士，但他知道，他无法杀死他，他不能杀死既没有形状也没有实体的东西。但敌人的军队看到刚才的一幕，开始害怕地大叫起来，试图逃跑。

"不要管他们！是时候了！"站在战场中央的斯

特拉利乌斯说。

“号角！吹响号角！”猎人说，并没有停下战斗。

矮人们一个个传递开命令，信号旗一面面举起。

奥尔蕾布兰达脸上挂满了痛苦和恐惧的泪水，举起手中的红色手帕挥舞了三次，就在战斗中的邪妖们似乎失去理智的时候，还活着的矮人们、斯特拉利乌斯和龙猎人来到了最近的雪崩号角下躲了起来。

接下来发生的事情没有人能够描述，因为太可怕了，或者说太壮观了。

雪崩号角吹响了，大山回应了号角声，就像以往和将来的任何时候一样。雪山崩塌了，大片的积雪从山顶上跌落，一路轰鸣着，落到了山谷中。裹挟着、掩盖着、吞噬着所到之处的一切。

刹那间，灰原一片死寂。

第十七章　通往食人怪王国

岩魔恐怖的怒吼声淹没了翁布罗若，他感到肺里的空气越来越少，剩下的只有模糊的意识，恐惧和痛苦。

他想看清周围，但石头埋住了他的脸，刺得他生疼，让他不能呼吸。可他第一个想到的并不是自己，而是其他人。丝碧卡、莱古路斯、罗比尼娅他们逃脱了吗？随即疼痛让他回到了现实。巨大的石臂压着他，似乎想把他压碎。空气已经消失殆尽，他头痛欲裂，血涌上了脑子。

他已经完全被石头压在了底下，很快他也会变成那些可怕的雕像之一，就像他们一路上看到的那样。胸口一痛，他叫了出来，嘴里立刻被石头碎片填满了。

他紧握“毒药”的手松了。

他的手臂要被折断了，“毒药”颤动了起来，它不耐烦了，它想行动。现在不是放弃的时候，决不能放弃。

突然，翁布罗若听到耳畔传来模糊的词语和大声的呼喊，像天边的云一样遥远。莱古路斯还在外面！他还在为了救他而战斗！

这时，另一个声音在他脑海中响起，虽然很小却很有力：“命运之剑能够吸收他的主人的经验和能力。”腰间的巨石压得他快要失去意识，但他想起了一件事情。因为冷血，他差一点变成木头，“毒药”也是。

“毒药”也是！

绝望的力量让一个新的念头在他脑海中闪现。“毒药”的剑身吸收了蝎子的毒液，变得有毒，或许通过同样的方式，“毒药”已经拥有了另一种能力：它能够变成木头，活的木头。“你和那把剑之间有一种独特而罕见的联系。”阿达玛斯曾经说过。

好吧，那么现在就来看看到底是不是这样。

现在，只有一种东西能够粉碎这些正在如坟墓般埋葬他的石头，那就是树根。他很小的时候就知道，植物的根能够粉碎哪怕是最坚硬的石头。翁布罗若紧紧抓住了“毒药”的剑柄，手臂上传来一阵剧痛。意识变得遥远了。到处都是石头，只有石头和石头的气味。

突然，石头开始颤动。

“放开他，贪婪的怪物！”莱古路斯一边大喊一边拼命地用十字弓朝石头射击。

石头似乎听了他的话，动了起来。

莱古路斯退到一边，只见掩埋了翁布罗若的石堆发出微

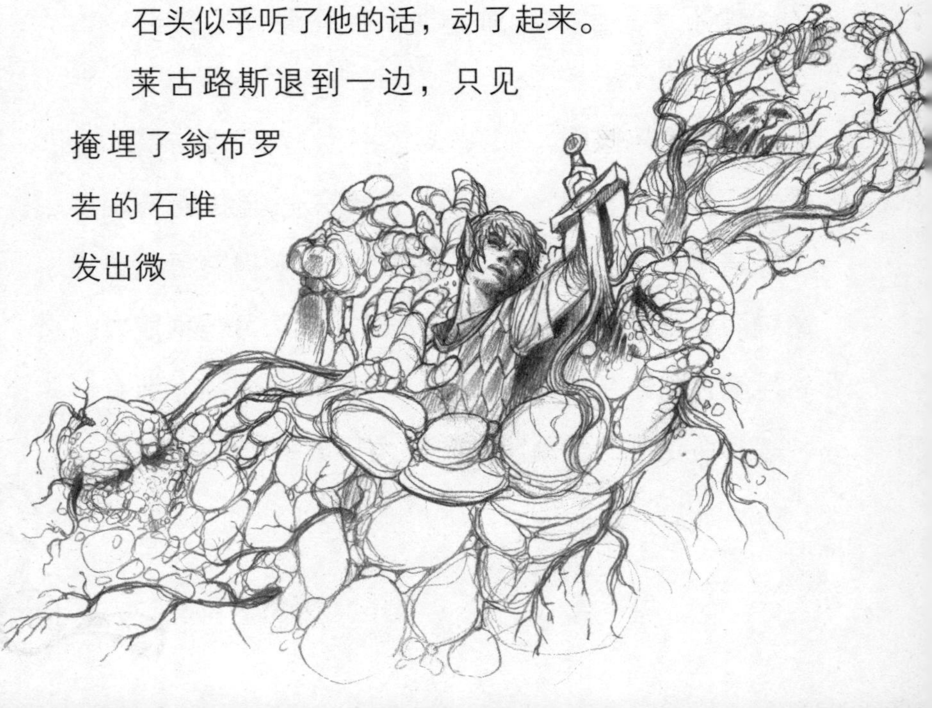

弱的“嘎吱”声。接着是一声大叫。

莱古路斯瞪大眼睛，屏住了呼吸：只见碧绿的树根，散发着“毒药”带有的蝎子毒液的光泽，从石头上的各个地方冒了出来。树根一开始像头发一样细长，然后渐渐变得粗壮有力，树根刺入了石头。终于，死死压住翁布罗若的石堆上，裂开了一道道长长的缝隙。

巨石崩裂了，翁布罗若重新获得了自由，重见天日的他被阳光晃得睁不开眼睛。碎裂的石头在他周围纷纷落地。突然，树根收回了去，“毒药”重新变回了一把剑。

莱古路斯跑过来帮忙。

翁布罗若咳嗽起来，空气重新充满了他的肺部。他站了起来，靠着莱古路斯。两人一同往魔法门走去。岩魔此时已经再次恢复了形状，但站得远远的不敢靠近，它不敢再袭击翁布罗若，因为那把剑，可以打败它们。

“你还好吗？”莱古路斯嘶哑着嗓子问。

“我们走！”翁布罗若想这样说，却发不出任何声音，只吐出一堆石头碎片。

莱古路斯抓住小火柴的尾巴让它爬到自己的胳膊上。然后，两人跌跌撞撞地来到了依然敞开，散发着蓝色光芒的魔法门前。

翁布罗若回头看了一眼，斯特拉利乌斯还没有来，猎人也没有。但不管发生了什么，他都必须关闭魔法门。

他一脚迈入门内，把手放到玛瑙上，握住了这颗树叶形状石头的边缘。他用最后一点力气，把它取了下来。石头在他手中变成了碎片，但他来不及感到吃惊或是遗憾。

一股强大的漩涡把他吸了进去，他摔到了门的另一边，魔法门在他们身后关闭了，永远地关闭了。

受伤的大山的怒吼声被关在了门后，或许他们永远都不会再回去了。

翁布罗若摔到地上，腐烂的树叶减缓了冲力。

耳畔传来惊慌的人声，颤抖的手触摸着他，移动着他，把他抬了起来。

蓝色的光消失了，他吃力地坐了起来。腰痛，头也痛，但“毒药”还在他手中，他的朋友们也都还在。

丝碧卡哭着扑了过来，她的手紧紧搂着他的脖子，他差点呼吸不过来。她还活着，翁布罗若想，心中充满了难以描述的欣喜。还有他们，他一睁开眼便已经明白：莱古路斯、罗比尼娅、法维拉，还有小火柴都在。

这是一个神秘而陌生的地方，傍晚时分的昆虫“吱吱”鸣叫着。魔法门原来的位置只剩

下了一堆融化了一半的金属。

他们的周围是一片原始的沼泽地，沼泽的另一边升起的黑色烟柱染黑了夕阳西下的天空。

“到了，这就是你们要的。欢迎来到侏儒王国。”法维拉用嘲讽而悲哀的语气说道，“现在这里是食人怪的王国。”莱古路斯咳嗽起来，挥手赶走了头顶上的一团虫子：“也是这些该死的虫子的王国！”

大家都笑了起来。新的旅途在等待着他们，但他们还在一起，至少到目前为止，他们做到了。这样已经足够了。

第十八章　另一条路

斯特拉利乌斯抬头看了看天空，叹了口气。现在一切似乎都平静下来了。白雪覆盖了战场，如同一座悲悯的墓碑。雪崩号角胜利了。

雪山和矮人们胜利了。

矮人们重新做回了雪山的主人。

重新获得了自由。

营地中的篝火燃烧着，作为临时医院的帐篷里到处都是受伤的矮人。灰原上，白雪掩埋了一切，埋葬了邪妖们。大部分的矮人幸存了下来。

鲁提路斯和苏尔福牺牲了，古普鲁伤得很重，奥尔多克拉西奥失去了左手。

伽蕾娜在各个帐篷间奔走，虽然伤痛难忍，但她固执地不愿意停下照顾伤员的工作。

阿达玛斯和其他很多人一样失踪了。

美岩城的五位长老不剩几个了。

很多雪貂也在战斗中死去了。斯特拉利乌斯在病床之间忙碌着，听着伤者的呻吟，看着幸存者的笑容。他的魔法能帮助到一些有需要的人，但他已经开始觉得累了。

奥尔蕾布兰达坚持要他休息，并扶他坐了下来。

斯特拉利乌斯听从了她的话，靠在了一块大石头上。“谁知道另外三个空心骑士去哪里了呢？肯定是逃回黑女王那里了。不知道孩子们是否已经到达了魔法门，也不知他们能不能顺利到达那一边并关闭魔法门。”

营地深处突然有了动静，被雪覆盖的帐篷后面，有东西吸引了他的注意，一个粗壮的身影穿着黑色的衣服，怀里抱着一个包裹，飞快走了过来。

“阿达玛斯！”斯特拉利乌斯立刻认出了这个受伤的人，眼里满是担心。

“哦，不，阿达玛斯。”奥尔蕾布兰达疲惫

地说。

“是他。”猎人说，“他好像伤得很重。”巫师点点头，把手放到阿达玛斯的脸上，阿达玛斯小声呻吟了一声。

“带他去帐篷里。”他挥了挥粗糙的大手命令道，“我们会救他。我们必须救他，去叫伽蕾娜，或许她能帮上忙。”他一边说一边进入了帐篷。

宁静的清晨，阳光把天空染成了淡淡的红色。

帐篷里出来了几个人。斯特拉利乌斯给了奥尔蕾布兰达一个拥抱，说：“他会好起来的，我们需要时间和耐心。”

“他有的是时间。美岩城已经回到了我们手中。”奥尔多克拉西奥说。

“你们的城市已经被雪崩掩埋了。”猎人手指着曾经美岩城所在的地方，坦言道。那里一片白茫茫的雪上露出了一两个曾经的哨塔。

“我们会把它从雪底下挖出来的。它永远是我们的城市。也将重新变成我们的城市。”

斯特拉利乌斯点了点头，表情凝重地说：“我曾命令翁布罗若关闭魔法门。如果他做到了，那么没人能再通过魔法门来到这里，不管是朋友还是敌人。或许有一天，其他的魔法门会打开，但现在茫茫大山之中只有你们自己。你们真的做得到吗？”

“我们能做到。这些山是我们的山。你们真的这么快就要出发了吗？你们要去哪里？”

猎人把矮人送给他的剑别在腰上，回答道：“我们要去永冬堡。我们能够在那里寻求帮助。”

奥尔多克拉西奥和奥尔蕾布兰达交换了一个惊讶的眼神。“你是说仙女奈维娜和飞毛腿独角兽的住所？”奥尔蕾布兰达问。“没有人知道他们确切的地方。”

“我以前飞行的时候见到过一次。我在独角兽居住的杉树林中间看到了一个蓝色的圆屋顶，屋顶上有

一个银色的尖顶。”猎人说。

“飞行的时候？”奥尔多克拉西奥问，“怎么飞？”

突然间猎人的表情僵住了，黑色的眼睛里闪烁着光芒。“这不重要。毕竟我们已经没有龙了。”“龙？这么说你是玫瑰骑士！”小朵尔玛丽娜突然从妈妈的裙子后面露出头来，插话道。

“我早跟你说过会有一个骑士来拯救我们的！”小贝里罗说。

猎人和斯特拉利乌斯交换了一个眼神，然后迈着大步朝矮人送给他们的两只雪貂走去了。

“奈维娜是唯一能帮助我们到达女巫王国的人。”斯特拉利乌斯看着远去的猎人解释道。

“你们要开始艰难的跋涉了，带上这个吧。这是一包用摄魂蛇眼睛做成的药水，能抵御严寒。我不能给你们更多，这些能派上用场。到达奈维娜的宫殿并不容易。”奥尔蕾布兰达低下头，伸出手，直到斯特拉利乌斯接住了她递过来的包裹。

“谢谢。我知道这些药水对你们有多重要。”巫师说。

“谢谢你，巫师。是你救了我们。”她说。

“不是我，是你们的坚强和勇敢救了你们自己。”

“但是你带来了那个少年，还有希望。”奥尔多克拉西奥说。

“愿雪山保佑你们！”斯特拉利乌斯说。

“也保佑你们！”奥尔多克拉西奥告别道。

巫师转身来到莫儿身旁，太阳升起来了，照亮了灰原战场。他和猎人一起骑着雪貂，头也不回地踏上了往东北方向的路，朝着巨人之山出发了。

他们的目的地是永冬堡!

振翅高飞

法维拉的故事

我不得不服侍恶毒的黑女王……
……和我不幸的同伴们一起。我们已经失去了所有。
但我们还梦想有一天能够回到故乡。
夜晚是一张梦做成的甜蜜的斗篷……
人们可以在这张斗篷里安睡。
但对于我来说，夜晚是我专注于实现自己计划的时候。

逃跑的唯一办法就是学习魔法。
到了干活的时候了！
魔法是一种强大的力量。女巫们发掘了它黑暗和神秘的一面……
以及最危险的一面！

那是我第一次……
……看到他。
就在那个时候，我通过魔法第一次看到了幻象，或者说是通过一次失败的魔法……

我不知道那个勇敢纯洁的少年是谁，他打败了空心骑士，解放了早已丧失了希望的森林王国。
STOMP
STOMP
STOMP
幻象消失后，声音引来了守卫。
然而在我的脑海中，那些景象却挥之不去。

我不能再多浪费一分钟，等待事情发生改变。
我要做点什么……
我要找到那个没有名字的少年。

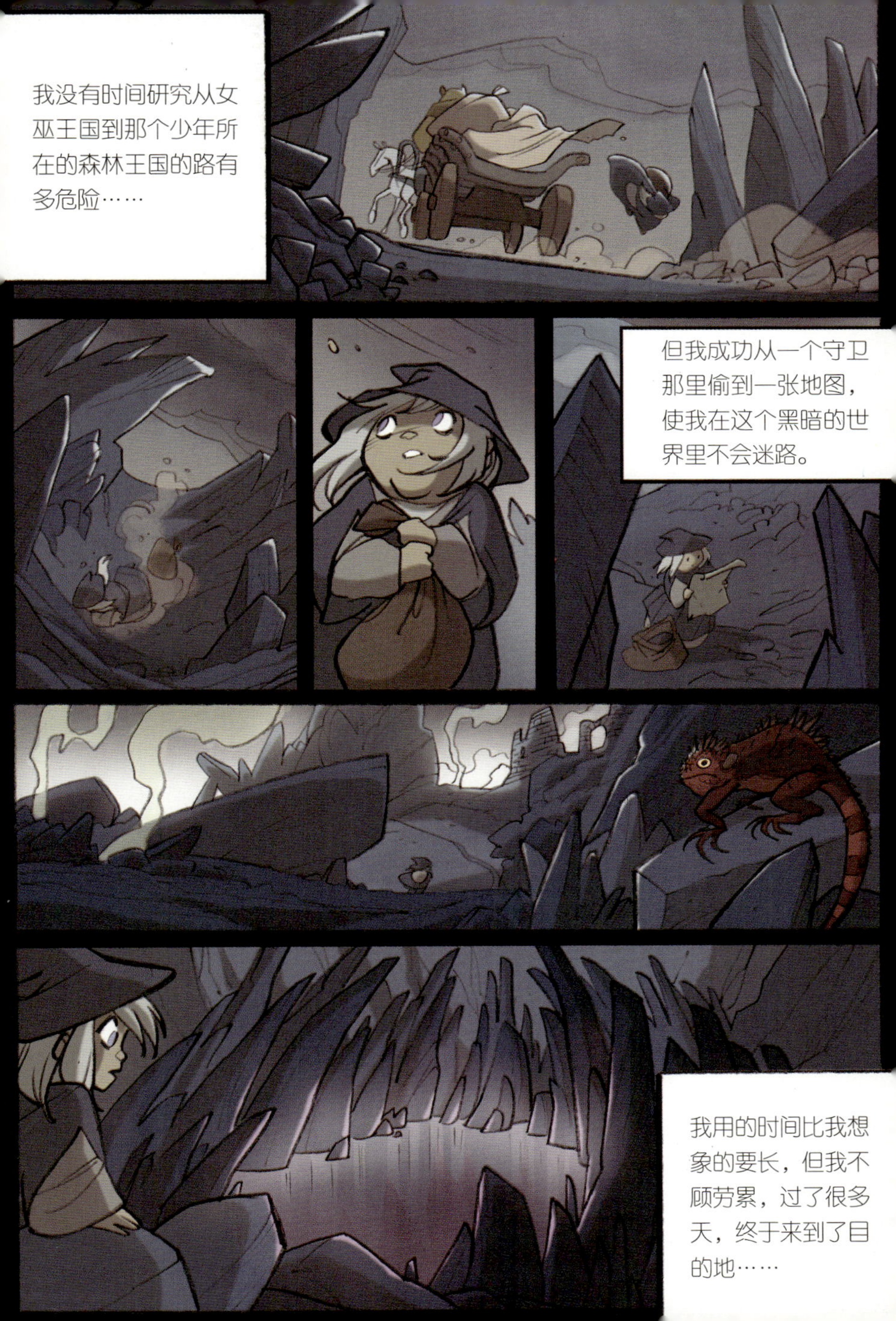
我没有时间研究从女巫王国到那个少年所在的森林王国的路有多危险……
但我成功从一个守卫那里偷到一张地图，使我在这个黑暗的世界里不会迷路。
我用的时间比我想象的要长，但我不顾劳累，过了很多天，终于来到了目的地……

魔镜。通过魔镜，我来到了我旅程的第一站。
食人怪王国。
但我没有料到，通过魔镜的时候，我又看到了一些东西……
或者说，一些人。我要找的人似乎就站在我的面前。

我徒劳地想加入他们……
我拼命大喊，却喊不出声音……
……我的幻象只不过是一张画着那个少年和他的同伴的透明的面纱。
那是影子和魔法产生的幻觉，没有实体也没有重量。我必须去别的地方寻找他们。这时魔镜把我送到了另一边的王国。

我还不知道怎么回事，就已经来到了食人怪王国。
那是我第一次看到它的样子，这个从合法的主人那里被强行夺走的王国。
但突然，我没有心思去想这些了。
我已经说过，魔法是个危险的东西。有时候又是可笑的。就这样，女巫的魔法把我变成了现在这个样子。
一只又肥又蠢的鹅。

为什么我不能把自己变成一只蝴蝶呢？
那样的话，至少愚蠢的食人怪抓不到我。
事实上，这些食人怪帮了我一把，虽然他们不是有心的。
他们让我和他们一起，穿越了整个王国。

夜晚降临在食人怪的营地。
我很清楚趁黑行事的
便利。

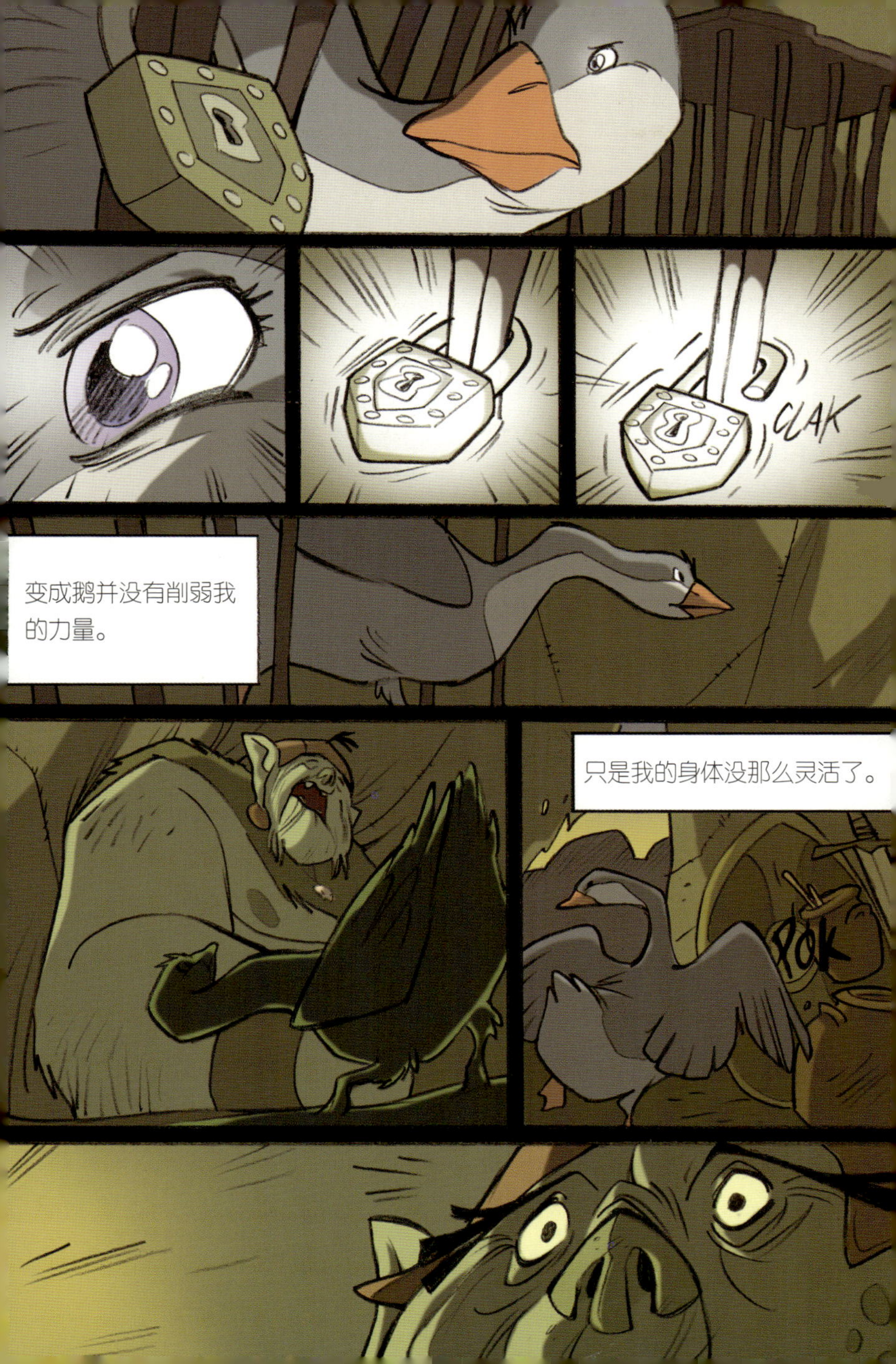
CLAK
变成鹅并没有削弱我的力量。
只是我的身体没那么灵活了。
POK

我必须学会如何
最好地使用它。

有时候，身体不够用，就得用脑子。
或者用一点小小的魔法，来尽快消失。

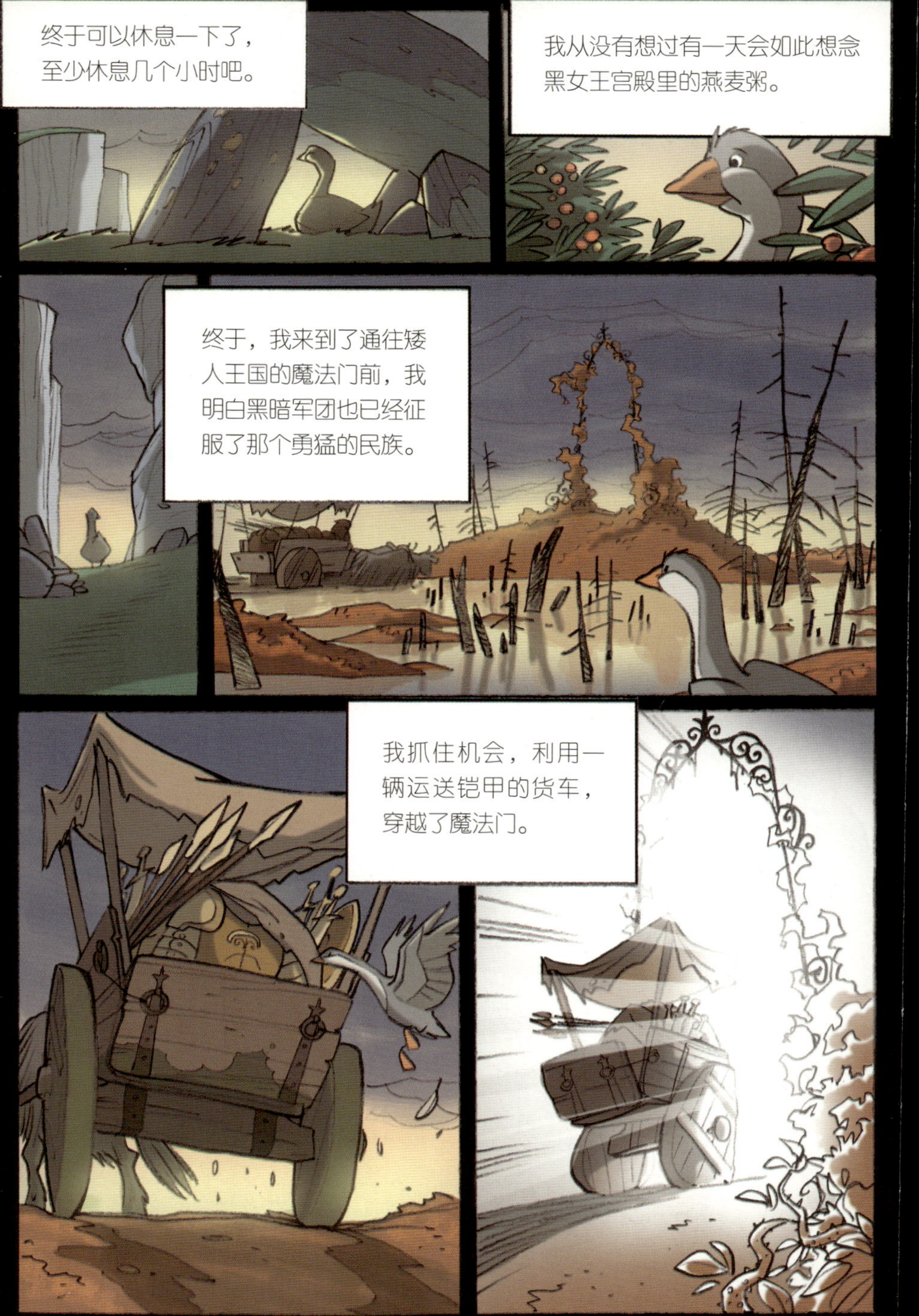
终于可以休息一下了，至少休息几个小时吧。
我从没有想过有一天会如此想念黑女王宫殿里的燕麦粥。
终于，我来到了通往矮人王国的魔法门前，我明白黑暗军团也已经征服了那个勇猛的民族。
我抓住机会，利用一辆运送铠甲的货车，穿越了魔法门。

矮人王国非常寒冷。但能够找到那个少年的希望能帮助我克服任何困难。
不能再搭便车了，不然会被发现。
又过了几天，我终于看到不是黑暗军团和女巫那一伙的人了，我可以跟他们聊聊……
还是算了。

变成鹅后我也丧失了说话的能力。事实上，那时候我才发现，我说的每一个字都只是一声“呱呱呱”。
很快我就发现，矮人们也被迫在为坏人干活。
就这样我来到了城里，到了冷血的宫殿。
我没办法离开那里，因为那里被施了魔法。我尝试过……

……可是没有用。我记得的最后一件事情就是那个梦。梦里，那个巫师也来到了矮人王国，正在为解放他们而努力。

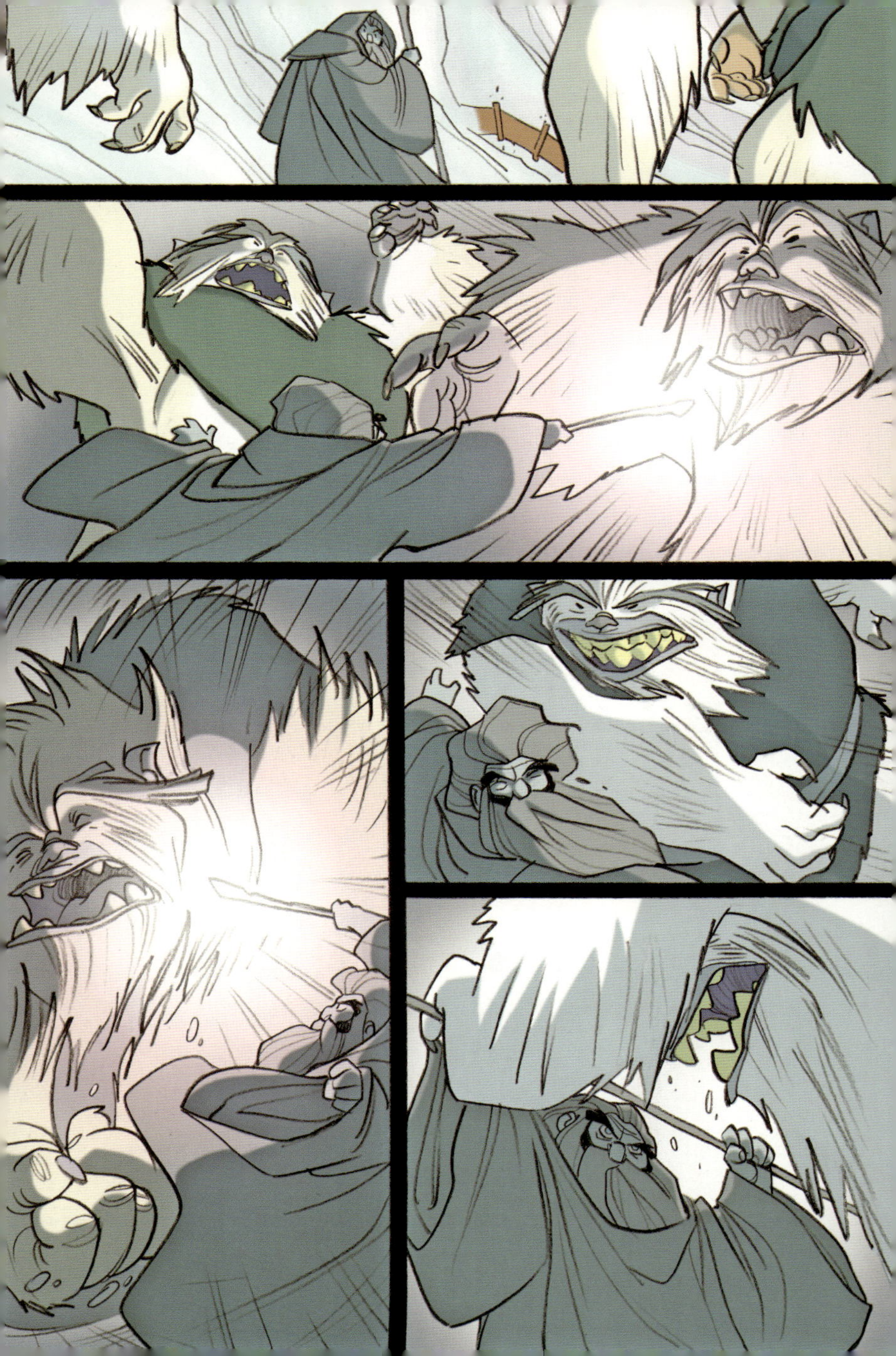

我突然醒了过来，意识到发生了什么变化。
但我知道，在那里，大山中，发生了一些事情。
我继续做我的鹅和囚犯。
我只能等待合适的时机到来。
同时，我也努力不让自己变成冷血的晚餐菜单。

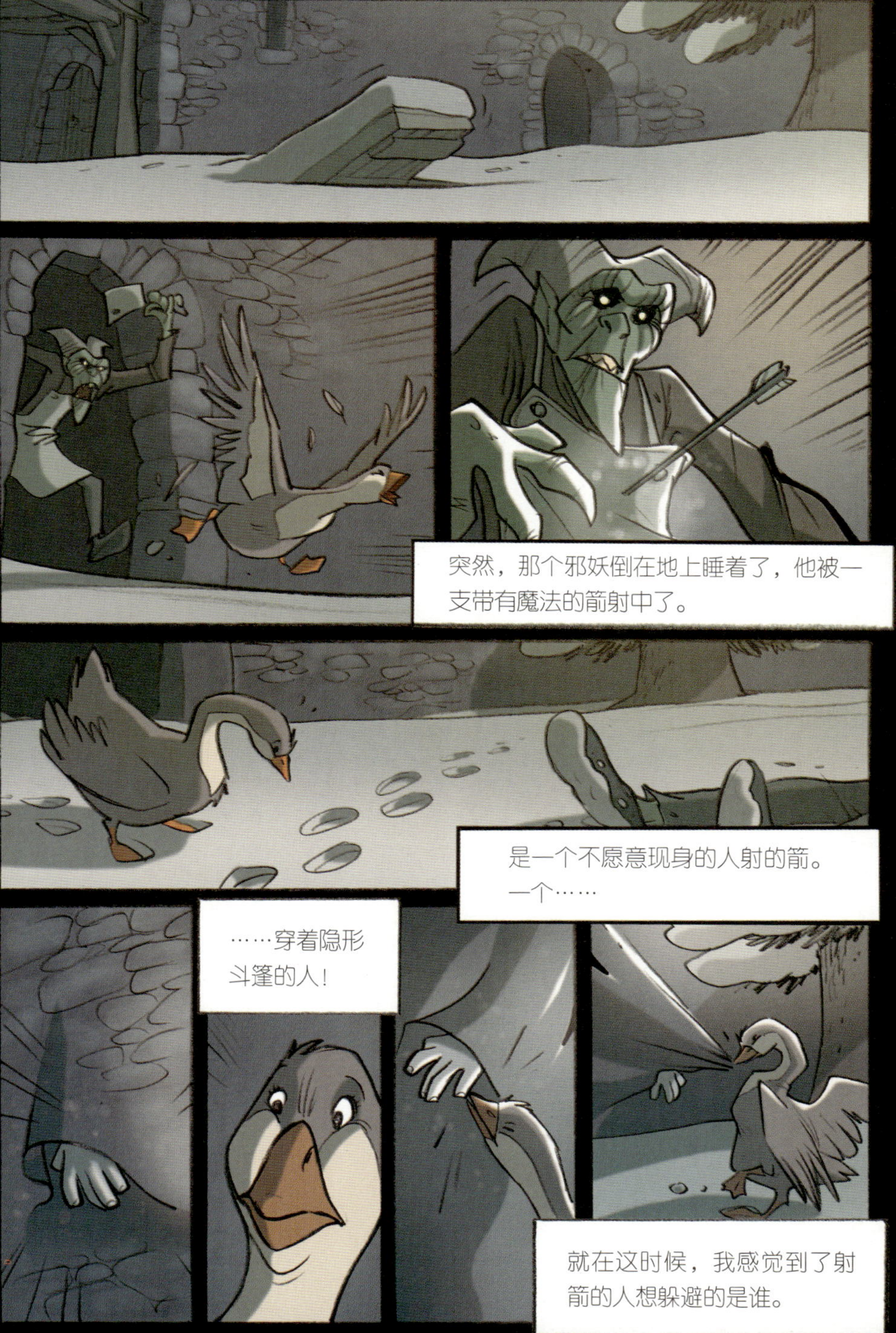
突然，那个邪妖倒在地上睡着了，他被一支带有魔法的箭射中了。
是一个不愿意现身的人射的箭。一个……
……穿着隐形斗篷的人！
就在这时候，我感觉到了射箭的人想躲避的是谁。

我无法相信自己的眼睛。是他。他刚刚杀死了一个空心骑士，和我梦中看到的一样。
但不能在花园里多做停留，不然会被发现的。
根据这些精灵所说，他们需要有人带他们进入宫殿。
还有谁能和我一样神不知鬼不觉地在黑女王的宫殿里行走，给他们当向导呢？

我不能说话，他们只能跟随他们的直觉，相信我。
THUD

这就是我离开女巫王国到目前为止发生的事情。
现在我和精灵们一起……
……想进入石座大厅，也就是邪恶的冷血的宫殿！
只是这个精灵在看什么？
他在看什么……？

你，你是谁？！
你究竟是谁？
你能看到我？
还……能听懂
我的话？
就在这一刻我明白了，我变成什么并不重要。现在我找到了我梦中的那个少年，他能够看到我的样子。有他在身边，我知道我们能够打败黑女王，重新站在自由的天空之下。像一只蝴蝶一样，振翅高飞。